Ilustrações originais da edição brasileira de 1932.

© Companhia Editora Nacional, 2006
© IBEP, 2012

Presidente	Jorge A. M. Yunes
Diretor-superintendente	Jorge Yunes
Diretora geral de produção editorial	Beatriz Yunes Guarita
Diretor editorial	Antonio Nicolau Youssef
Gerente editorial	Sergio Alves
Editora	Sandra Almeida
Assistente editorial	Edson Yukio Nakashima
Coordenadora de preparação e revisão	Marília Rodela Oliveira
Preparadores e revisores	Edgar Costa Silva
	Irene Hikichi
	Nelson José de Camargo
	Sérgio Limolli
Editora de arte	Sabrina Lotfi Hollo
Assistentes de arte	Érica Mendonça Rodrigues
	Janaina C. M. da Costa
	Thatiana Kalaes
	Viviane Aragão
Coordenadora de iconografia	Maria do Céu Pires Passuello
Assistente de iconografia	Jaqueline Spezia
Produtora editorial	Lisete Rotenberg Levinbook
Assistente de produção editorial	Antonio Tadeu Damiani
Editoração eletrônica e capa	Ícone Comunicação Ltda.

CIP-BRASIL. CATALOGAÇÃO-NA-FONTE
SINDICATO NACIONAL DOS EDITORES DE LIVROS, RJ

G874c

Grimm, Jacob, 1785-1863
    Clássicos : contos de Grimm / Irmãos Grimm ; [tradução Monteiro Lobato ; ilustrações originais da edição brasileira de 1932]. - São Paulo : IBEP, 2012.
    112p. : il. ; 22 cm

    Tradução de: Kinder- und hausmärchen
    ISBN 978-85-342-3472-6

    1. Literatura infantojuvenil alemã. I. Grimm, Willhelm, 1786-1859. II. Lobato, Monteiro, 1882-1948. III. Título.

12-6359.	CDD: 028.5
	CDU: 087.5
04.09.12 13.09.12	038744

1ª edição – São Paulo – 2012
Todos os direitos reservados

COM A NOVA ORTOGRAFIA DA LÍNGUA PORTUGUESA

Av. Alexandre Mackenzie, 619 – CEP 05322-000 – Jaguaré
São Paulo – SP – Brasil – Tels.: (11) 2799-7799
www.editoraibep.com.br – editoras@ibep-nacional.com.br

Impressão e acabamento Meta Solutions
1ª reimpressão maio/2015

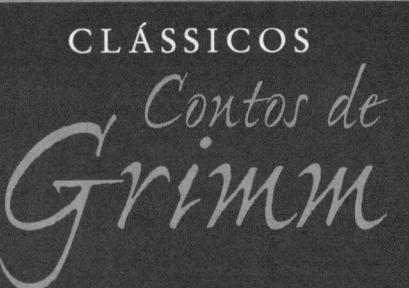

CLÁSSICOS

Contos de Grimm

Irmãos Grimm

Tradução de Monteiro Lobato

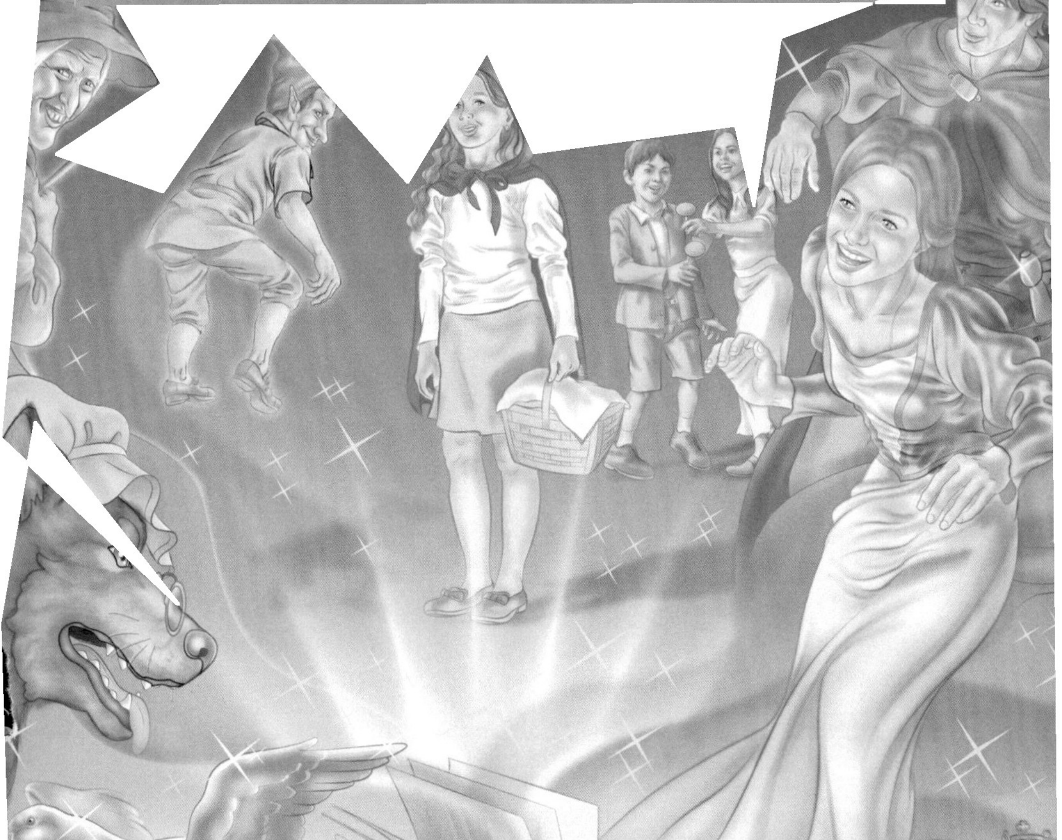

IBEP

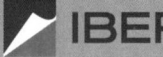

Sumário

A menina da capinha vermelha, 7

Cinderela, 14

O ganso dourado, 25

O príncipe sapo, 32

As enteadas e os anões, 38

Branca de Neve e Rosa Vermelha, 48

Branca de neve, 58

O alfaiate valentão, 72

Hansel e Gretel (João e Maria), 85

Os músicos de Bremen, 97

Histórias de anões, 102

A menina da capinha vermelha

Era uma vez uma menina boazinha, apreciada por todos e principalmente por sua avó, que já não sabia o que fazer para agradá-la. Deu-lhe muitas coisas bonitas e entre elas uma capinha de veludo vermelho que a menina começou a usar todos os dias. Daí lhe veio o nome de Capinha Vermelha.

Certa noite, a mamãe chamou-a e disse:
– Capinha, recebi recado de que vovó está adoentada. Amanhã bem cedo vista-se e vá levar lá este pão de ló e esta

garrafa de vinho. Mas não corra, que cai e quebra a garrafa. Também não se esqueça, quando entrar no quarto de vovó, de lhe dar bom-dia. Nem se ponha a reinar[1] muito, que a incomoda, ouviu?

– Sim, mamãe, farei tudo direitinho como a senhora quer – respondeu a boa menina.

A vovó morava na floresta, um pouco longe da vila. No dia seguinte, bem cedo, Capinha pulou da cama, vestiu-se e lá se foi, com o doce e o vinho numa cesta. Ao atravessar a floresta, encontrou um lobo de cara muito feia. Capinha, que nunca tinha visto lobo, pensou que fosse algum cachorro perdido e não teve medo nenhum.

– Bom dia, Capinha! – disse o lobo.
– Bom dia, senhor bicho! – respondeu ela.
– Para onde vais tão cedo e com tanta pressa?
– Vou à casa de vovó, que está adoentada.
– E o que levas na cesta?

---

[1] Reinar: divertir-se, brincar.

– Um pão de ló e uma garrafa de vinho.

– E onde mora tua vovó?

– Lá longe, a quinze minutos daqui, numa casinha que tem dois carvalhos na frente e três pereiras dum lado.

O lobo, que estava com fome, teve vontade de comer as duas, a avó e a neta, apesar de que carne de velha não é petisco de que lobo goste; bom apenas para encher a barriga. Depois comeria a menina, como sobremesa.

– Capinha Vermelha – disse o lobo –, vê quanta flor bonita há por aqui e como os passarinhos estão cantando alegres esta manhã. Tu vais tão ligeira que nem reparas nessas lindas coisas.

O que ele queria era que a menina se distraísse pelo caminho e lhe desse tempo de correr à casa da velha e comê-la antes que Capinha chegasse.

A menina olhou em volta de si e viu realmente muitas flores que brincavam com os raios de sol; também notou que todos os passarinhos estavam cantando. E teve uma ideia. "Vou levar para vovó um lindo buquê de flores do campo", disse consigo. "Ainda é muito cedo. Tenho tempo de sobra."

Assim pensou e assim fez. Começou a colher florinhas silvestres, uma aqui e outra lá, para reunir um grande buquê. Enquanto isso, o lobo foi correndo à procura da casa que tinha dois carvalhos na frente. Encontrou-a, viu que tinha também três pereiras ao lado e, certo de que era ali mesmo, bateu: *toc, toc, toc.*

– Quem está aí? – perguntou lá de dentro a velha.

– Sou eu, Capinha Vermelha, vovó! Trago um presente para a senhora – disse o lobo, imitando a voz da menina.

– Ergue a tranca e entra – respondeu a velha com voz fraca. – Estou na cama e sem ânimo de me levantar.

Sem esperar por mais, o lobo ergueu a tranca da porta e entrou e avançou para a velha e devorou-a num instante. Depois vestiu-se com a roupa dela, pôs a sua touca na cabeça e deitou-se na cama, cobrindo-se com o cobertor.

Enquanto isso, Capinha andava dum lado para outro na mata, colhendo flores silvestres, até que formou um grande buquê. Por fim disparou na carreira até a casa dos dois carvalhos. Ao dar com a porta aberta, ficou muito admirada, pois era a primeira vez que isso acontecia. Mas entrou, embora um tanto desconfiada.

– Bom dia, vovó! – disse ela ao ver o vulto de sua avó na cama, que ficava num quarto meio escuro.

– Bom dia, minha neta! – respondeu o vulto numa voz esquisita.

A menina estranhou aquela voz e, prestando mais atenção, estranhou também o jeito de sua avó, cujas orelhas haviam crescido muito.

— Que orelhas tão grandes são essas, vovó? – perguntou a menina espantada.

— São para melhor te ouvir, minha neta!

— E que olhos tão arregalados são esses, vovó?

— São para melhor te ver, minha neta.

— E que mãos tão peludas, vovó!

— São para melhor te acariciar, minha neta.

— E que dentes tamanhos, vovó!

— São para melhor te devorar! – respondeu o lobo, saltando da cama sobre a menina e devorando-a com cesta e tudo.

Com intervalo de minutos, o lobo havia comido a velha e a menina, de modo que se sentiu pesado e sonolento como uma jiboia. Voltou para a cama e ferrou logo no sono, roncando alto de se ouvir longe.

Um lenhador, que estava a cortar lenha ali por perto, ouviu os roncos. Estranhou aquilo. Largou do trabalho para ir ver o que era. Dando com o lobo a dormir regaladamente[2] na cama da velha, ficou muito admirado, porque se tratava de um lobo que todos os moradores daquelas redondezas viviam perseguindo sem nunca o poderem pilhar[3]. Caminhou para ele na ponta dos pés e, de repente, *zás!* – matou-o com três ou quatro valentes machadadas.

Essa história é muito triste, mas bem pode ser que as coisas não tenham se passado exatamente assim. Um homem que morava perto, e que portanto devia saber das coisas mais do que os que moravam longe, contou, mais tarde, que tudo aconteceu dum modo muito diferente.

Disse que, quando o lobo encontrou a menina na floresta e pôs-se a conversar, ela não respondeu uma só palavra e foi andando seu caminho sem nem olhar dos lados. E, assim que chegou à casa da vovó, contou-lhe o seu encontro com o lobo.

– Vamos fechar, bem fechada, a porta – disse a velha –, porque o maldito deve estar a caminho para cá. O que ele quer é nos comer.

Fecharam, bem fechada, a porta e ficaram à escuta, muito quietas. Logo depois, o lobo chegou e, certo de que havia vindo primeiro que a menina, bateu, dizendo com voz disfarçada:

---

[2] Regaladamente: prazerosamente.
[3] Pilhar: apanhar, agarrar.

– Sou eu, a menina da Capinha Vermelha, que vem trazer para sua vovó um doce e uma garrafa de vinho.

Mas as duas, encolhidas lá num canto, não responderam coisa nenhuma. Era o mesmo que não existirem.

Danado da vida, o lobo trepou ao telhado e ficou à espera de que a menina saísse para devorá-la. A velha, então, resolveu pregar-lhe uma peça de bom tamanho. Para isso, encheu um grande caldeirão com água, que pôs a ferver no fogo, com um pedaço de carne dentro. Quando a sopa ficou no ponto, entreabriu a porta e botou o caldeirão para fora. Assim que o vapor e o cheiro da carne chegaram ao telhado, o lobo, que estava morrendo de fome, não pôde resistir e espichou a cabeça para espiar o que era. Nisso, escorregou do telhado e caiu com a cabeça dentro do caldeirão com água fervendo. Morreu cozido! E assim, graças à astúcia da velha, Capinha pôde voltar para casa, muito alegre, sem que nada houvesse acontecido, nem a ela, nem à sua querida vovó.

Cinderela

Certa vez, a esposa dum homem muito rico, sentindo-se bastante doente, chamou para perto de si a única filha que tinha e disse-lhe:

– Minha filha, sinto que vou morrer. Meu último conselho é que sejas caridosa e boa, pois desse modo Deus estará sempre ao teu lado e eu lá do céu olharei por ti.

Mal acabou de pronunciar essas palavras, cerrou os olhos e morreu.

A menina sentiu muito a morte de sua mãe e, desde o dia do enterro, nunca mais deixou de visitar-lhe o túmulo sempre que podia, para regá-lo com as suas lágrimas. Também nunca deixou de seguir os bons conselhos da defunta.

Veio o inverno e, durante todo ele, o túmulo esteve debaixo dum manto alvíssimo de neve. Depois o sol da primavera reapareceu e despiu-o daquele manto. Por essa época, o pai da menina casou-se com outra mulher, que tinha duas filhas.

Eram lindas de rosto, essas moças, mas muito más de coração, tão más que fizeram da vida da órfã um verdadeiro martírio.

– Não queremos nos misturar com ela – foram logo dizendo as emproadas[1]. – Que vá para a cozinha, pois que é lá o seu lugar.

A madrasta, por sua vez, tomou todos os vestidos que a órfã possuía, só lhe deixando um, o mais feio e grosseiro. E tomou-lhe também os sapatos, dizendo que quem trabalha na cozinha deve usar, no máximo, tamancos.

---
[1] Emproadas: altivas, orgulhosas.

– Vejam em que deu a orgulhosa princesa! – exclamavam as irmãs malvadas, cada vez que viam a órfã lidando[2] no fogão.

E forçavam-na a trabalhar desde o romper da aurora até a noite, sem um descanso. Tinha de fazer fogo, cozinhar, lavar roupa e dar conta de todos os serviços grosseiros da casa. E para aumentar-lhe os sofrimentos, as duas biscas[3] ainda lhe faziam picardias[4], como, por exemplo, agarrar o feijão que ela já havia escolhido e jogá-lo na cinza para que tivesse o trabalho de catá-lo de grão em grão.

Nem cama para dormir tinha a pobre Cinderela. Sua cama era o borralho, ou as cinzas que se amontoavam num canto. Daí lhe veio o nome de Gata Borralheira.

Um dia, seu pai, tendo de fazer uma viagem, perguntou às enteadas o que elas queriam que ele lhes trouxesse.

– Quero os vestidos mais lindos que encontrar – disse uma.

– E eu quero pérolas e outras gemas preciosas – disse a outra.

– E você, minha filha, o que quer? – perguntou à triste Cinderela que lá do seu canto nada dizia.

– Quero que me traga o primeiro ramo de árvore que pelo caminho roçar em sua cabeça, meu pai – foi a humilde resposta da pobrezinha.

Assim aconteceu. Quando o pai voltou, trouxe para as duas malvadas os vestidos e as pedras mais lindas que havia, e para Cinderela trouxe o ramo duma nogueira que pelo caminho lhe esbarrara na cabeça.

Cinderela, muito alegre, correu a plantar o ramo no túmulo de sua mãe, e com tais lágrimas o regou, que breve dele

---

[2] Lidando: trabalhando.
[3] Biscas: pessoas dissimuladas.
[4] Picardias: pirraças.

nasceu uma linda árvore. Cada vez que a menina se aproximava dessa árvore, via em seus galhos um pássaro branco, que era mágico. E nada havia que ela pedisse ao pássaro, que o pássaro não fizesse.

Um dia, o rei deu uma grande festa, para a qual convidou as mais lindas moças do reino. Queria que seu filho conhecesse a todas e entre elas escolhesse uma para esposa.

Quando as irmãs más souberam disso, ficaram em ponto de estourar de contentamento, certas de que o príncipe não poderia escolher senão uma delas. Puseram-se a arrumar-se, chamando a Gata Borralheira para penteá-las, limpar-lhes os sapatos e enfeitá-las o mais que pudesse. A pobre menina tudo fez como lhe ordenavam, mas com lágrimas nos olhos. Também era gente e, como o rei queria que todas as moças do reino fossem ao baile, achou grande injustiça que todas fossem menos ela. E resolveu pedir licença à madrasta para ir também.

— Você ir ao baile, Cinderela?! — exclamou a madrasta espantada. — Assim, suja de cinza e maltrapilha, sem vestido nem sapatos? Além disso, não me consta que você saiba dançar.

Mas tanto a pobre órfã insistiu, que a madrasta afinal cedeu.

— Pois bem. Vou jogar um prato de arroz na cinza. Se você conseguir catá-lo todo, grão a grão, numa hora, deixarei que vá ao baile. E jogou o arroz na cinza.

A órfã correu ao quintal e gritou:

— Passarinhos! Passarinhos! Vinde ajudar-me a catar os grãos de arroz e podereis comer os que estiverem quebrados.

Mal acabou de falar, um bando de passarinhos entrou pela janela e pôs-se no serviço, de modo que, antes do tempo, todo o arroz já estava catado. A pobre órfã, sorrindo de contentamento, foi dizer à madrasta que havia feito o que ela ordenara e poderia pois ir à festa.

Mas a madrasta não admitiu e, como ela insistisse muito, disse:

– Pois bem. Vou derramar na cinza dois pratos de arroz. Se você desta vez conseguir juntá-lo, grão a grão, no espaço de uma hora, irá ao baile.

A bisca tinha certeza de que era impossível à menina fazer tal coisa.

Mas Cinderela chamou de novo os passarinhos em seu auxílio. Vieram todos, entraram pela janela da cozinha, como da primeira vez, e em menos de uma hora todo o arroz estava catado.

Cinderela correu com ele em dois pratos para o mostrar à madrasta.

– Isso de nada adianta – respondeu esta –, pois você não tem roupa para acompanhar-nos. E além do mais, seria uma vergonha, sabe? – e, virando-lhe as costas, entrou com as filhas na carruagem que ia levá-las ao palácio.

Cinderela chorou por alguns minutos; depois saiu correndo em direção ao túmulo de sua mãe querida. Lá chegando, disse à nogueira:

– Árvore, que tanto adoro, fazei-me a mais bela da festa!

Mal acabou de pronunciar essas palavras, o pássaro branco que vivia na árvore atirou-lhe um vestido maravilhoso, de ouro e prata, e também um par de sapatinhos de cristal.

Cinderela, alegríssima, vestiu-se num ápice[5] e foi voando ao baile. Tão linda ficou, que nem sua madrasta nem suas

---

[5] Num ápice: num momento

irmãs más a reconheceram. Todos admiraram-se de tão radiosa beleza, e o príncipe mais que os outros, pois veio imediatamente tirá-la para dançar. E durante o baile inteiro não quis saber de mais ninguém.

Pela madrugada, quando Cinderela mostrou desejos de voltar para casa, o príncipe quis acompanhá-la para conhecer a família de tão gentil menina. Ela, porém, fugiu dele, escondendo-se num pombal. A madrasta desconfiou que a desconhecida fosse a Gata Borralheira, mas logo afastou essa ideia do espírito, não podendo compreender como tivesse podido arranjar tão maravilhoso vestido. Depois, tudo se complicou, porque o príncipe, que estava à procura de Cinderela, soube que a fugitiva havia entrado no pombal, mandou arrombá-lo e com grande surpresa não a encontrou lá.

Ao voltarem para casa, a madrasta e as duas filhas correram logo à cozinha, onde encontraram Cinderela no seu borralho, sujinha e rota como de costume. Não podiam saber que, ao escapar do pombal, por uma janela dos fundos, ela havia corrido para debaixo da nogueira, onde se despira do vestido de baile para retomar os seus trajes usuais.

No dia seguinte, antes de começar o segundo baile, a menina dirigiu-se de novo para a nogueira, à qual disse:

– Árvore, árvore que tanto adoro, fazei-me a mais bela da festa!

Imediatamente o pássaro surgiu, trazendo no bico um vestido ainda mais lindo que o da véspera, com o qual pudesse ir ao baile daquela noite.

A menina vestiu-se e foi para o palácio, onde já encontrou a madrasta e as duas filhas más. O príncipe, que estava ansioso à sua espera, tomou-a pela mão, com um sorriso de amor nos lábios, e durante a noite inteira não quis saber de outro par. Mas, assim que chegou a madrugada, Cinderela pretextou qualquer coisa e fugiu da sala. Inutilmente, o príncipe procurou-a por toda parte. Havia desaparecido e corrido a aninhar-se no seu borralho, de modo que a madrasta, ao voltar, de nada desconfiasse.

O mesmo aconteceu no baile do terceiro dia. Logo que a madrasta e as duas filhas partiram para a festa, Cinderela foi ter com a nogueira e repetiu aquelas mesmas palavras:

– Árvore, árvore que tanto adoro, fazei-me a mais bela da noite!

O pássaro branco apareceu com um vestido ainda mais lindo que os anteriores e novos sapatinhos de cristal. A menina vestiu-se e foi. Ao entrar na sala, houve um deslumbramento. Todos abriram a boca, confessando que jamais haviam visto criatura mais bela, nem mais maravilhosamente vestida. O príncipe, cada vez mais caído[6], tirou-a para todas as danças da noite.

---

[6] Caído: apaixonado.

Mas veio a madrugada; e como havia acontecido no primeiro e no segundo bailes, logo que o galo cantou, Cinderela, mostrando-se inquieta, deu um jeitinho de escapar. Dessa vez, porém, o príncipe estava prevenido e disposto a descobrir quem era a misteriosa menina. Para isso, mandara derramar piche pelas ruas do jardim. O resultado foi que, ao passar por lá, os sapatinhos de Cinderela se grudaram no piche, e o príncipe conseguiu ficar de posse desse precioso indício. Guardou-os consigo e, no dia seguinte, foi ter com o rei.

– Meu pai – disse ele –, só me casarei com a dona destes sapatinhos.

A notícia correu, enchendo de esperança as filhas da madrasta má. Tinham certeza de que o príncipe viria experimentar os sapatinhos nos pés delas e que haveriam de servir muito bem.

Quando o príncipe apareceu, pedindo que experimentassem os sapatinhos, a madrasta voou com eles ao quarto para que a filha mais velha os calçasse. Não serviram. O pé dessa moça era bem maior. A madrasta, entretanto, teve uma ideia: cortou-lhe o dedão de cada pé, dizendo que, como uma rainha nunca se apresentava descalça, ninguém viria a desconfiar disso. A dor foi grande, mas o desejo de ser rainha era maior, de modo que a moça apareceu diante do príncipe calçada com os sapatinhos, embora mordendo os lábios para disfarçar o sofrimento.

Sem desconfiar de nada, o príncipe colocou-a sobre o seu corcel e tocou para o palácio, onde ia realizar-se o casamento. Ao passar, porém, por perto do túmulo da mãe de Cinderela, duas pombinhas, que estavam pousadas na nogueira, falaram assim:

— *Príncipe, príncipe, olhai para trás.*
Apesar de tão graciosa e bela,
o sangue que lhe escorre dos pés
diz logo que não é Cinderela.

O príncipe voltou-se e, de fato, viu que os pés da moça sangravam. Torceu as rédeas do cavalo e levou-a para a casa da madrasta.

— Enganei-me — disse esta. — Esses sapatinhos devem ser da minha filha mais moça. O príncipe vai ver como lhe assentam bem.

E correu para o quarto, a fim de calçar com eles a filha mais moça. Não serviram. A filha mais moça tinha os calcanhares muito grandes. Sua mãe fez o mesmo que havia feito com os dedos da outra: cortou-lhe os calcanhares. Só assim essa mais moça pôde calçar os sapatinhos. O príncipe colocou-a sobre o cavalo e partiu de novo para o palácio. Mas, ao passar pelo túmulo, as mesmas pombinhas, do alto da nogueira, murmuraram:

— *Príncipe, príncipe, olhai para trás.*
Apesar de tão graciosa e bela,
o sangue que lhe escorre dos pés
diz logo que não é Cinderela.

O príncipe, voltando-se, viu que os pés da jovem gotejavam sangue. Regressou de novo à casa da madrasta, soltou a moça e indagou se não havia ali uma terceira que quisesse experimentar os sapatinhos.

— Não — respondeu a madrasta. — Só existe aqui a nossa cozinheira, minha enteada, uma sujinha que não pode ser dona de tais sapatos.

Mas o príncipe insistiu, porque estava com a ideia de experimentá-los nos pés de todas as moças do reino, sem exceção de uma só que fosse.

Veio Cinderela. Experimentou os sapatinhos na vista do príncipe; como servissem muito bem, ele a tomou sobre a sela e lá se foi.

Ao passarem junto à nogueira, as pombinhas que lá estavam disseram isto:

– *Príncipe, príncipe, olhai para trás.*
Vede como é graciosa, boa e bela.
Nem uma só gota de sangue pinga
dos pés da verdadeira Cinderela.

Em seguida, voaram e vieram pousar sobre os ombros da menina.

O casamento realizou-se no mesmo dia, com a maior pompa que jamais se viu, ficando célebre na história dos casamentos dos príncipes maravilhosos.

Cinderela, depois que se tornou princesa, podia vingar-se da malvadeza da madrasta e de suas filhas. Mas, como fosse muito boa de coração, nada fez. Limitou-se a dizer:

– Coitadas! Castigaram-se por suas próprias mãos. Uma está sem calcanhares, e a outra, sem os dois dedões dos pés. Agora, em vez de se casarem com príncipes, devem dar-se por satisfeitas se algum sapateiro tiver dó delas...

O ganso dourado

Era uma vez um homem que tinha três filhos. O mais jovem chamava-se João Bobo, e por isso mesmo era desprezado e caçoado por toda a gente. Um dia, em que o filho mais velho tinha de ir ao mato cortar lenha, sua mãe preparou-lhe um pão de ló e lhe deu uma garrafa de vinho.

Logo ao entrar no mato, o rapaz encontrou um velho, que, depois de o saudar, lhe pediu um pedaço de pão de ló e um trago do vinho, visto que estava morrendo de fome e sede.

– Se eu lhe der o que me pede, ficarei sem nada – respondeu o rapaz. – Não sou tão bobo assim.

E, dizendo isso, continuou em frente.

Em certo ponto, viu uma árvore seca, que se pôs a cortar; mas de repente errou o golpe e feriu-se profundamente na perna. Viu-se obrigado a voltar para casa, a fim de cuidar do ferimento, sem desconfiar que o causador daquilo fora o velho ao qual negara pão e vinho.

Dias depois, o segundo filho resolveu ir à floresta, e a mãe, como já fizera ao primeiro, deu-lhe também uma garrafa de vinho e um pão de ló. Ao embrenhar-se no mato, esse rapaz encontrou o mesmo velho, o qual lhe pediu um pouco do seu vinho e um pedaço de pão de ló. Mas, como o irmão, ele também se negou a dividir com o velho a merenda e continuou seu caminho. O castigo de tal avareza não se fez esperado[1]. Nem bem dera início ao corte de uma árvore e já o machado lhe escapou das mãos e o feriu profundamente numa das coxas. Viu-se forçado a voltar para casa, mancando e gemendo.

Chegada a vez de João Bobo, pediu ele ao pai que o deixasse ir lenhar.

– Não – disse o pai –, seus irmãos já se machucaram e o mesmo acontecerá a você, que, além do mais, nunca foi lenhador.

Mas João Bobo tanto implorou, que afinal o pai consentiu que ele fosse buscar a lenha que os outros não tinham conseguido trazer. Deu-lhe a mãe um bolo assado nas brasas e uma garrafa de cerveja azeda.

Logo que o rapaz pôs o pé no mato, topou com o velhinho.

---
[1] Não se fez esperado: não tardou a chegar.

— Dê-me de comer e de beber — disse este —, pois estou morrendo de fome e sede.

— Só tenho um bolo assado nas brasas e uma cerveja azeda, mas, se os quer assim mesmo, sentemo-nos aqui e comamos juntos — respondeu João Bobo.

Logo que se sentaram para a refeição, o rapaz viu, com espanto, que o bolo se tornara delicioso pão de ló, e a cerveja azeda, ótimo vinho. Após se fartarem com a mágica merenda, o velhinho voltou-se para João e disse:

— Você tem tão bom coração que dividiu comigo o que trazia; em virtude disso, vai ter muita sorte. Mais adiante há uma velha árvore; corte-a, que encontrará alguma coisa na raiz.

O bom rapaz fez como o velho lhe ensinara e, com grande surpresa, encontrou entre as raízes um ganso de penas de ouro. Pegou a ave e levou-a para a estalagem onde pretendia passar a noite.

O hospedeiro tinha três filhas, as quais, logo que viram aquela ave maravilhosa, ficaram loucas de inveja, querendo possuir nem que fosse só uma pena do ganso. A irmã mais velha pôs-se a esperar uma oportunidade e, quando João Bobo saiu, correu a arrancar uma das penas mais bonitas. Mas... ficou com a mão presa a uma das asas do ganso, sem poder mover-se. Logo depois veio a segunda buscar também a sua pena e ficou presa do mesmo modo. Afinal, apareceu a terceira. As duas prisioneiras pediram-lhe encarecidamente que não tocasse em nenhuma delas. A moça, porém, não vendo razão para isso, encostou a mão no ombro de uma das irmãs e não pôde mais soltar-se.

E assim, viram-se as três obrigadas a passar a noite inteira presas ao ganso.

Na manhã seguinte, João Bobo tomou a ave sob o braço e continuou seu caminho, sem dar importância às três moças, que, como estivessem presas, se viram obrigadas a acompanhá-lo por toda parte. A meio caminho, um padre, vendo aquilo, não pôde conter-se e gritou:

– Que maroteira² é essa? Onde já se viu, três moças correndo atrás dum moço? Vamos, acabem com isso!

E assim dizendo, agarrou a mais jovem pelo braço, a fim de puxá-la. Mas também ficou preso à moça.

Logo adiante apareceu o sacristão, o qual, vendo o senhor padre a seguir as três jovens, abriu a boca, gritando logo em seguida:

– Senhor padre, aonde vai tão depressa? Já esqueceu que tem três batizados para hoje?

---

² Maroteira: ato próprio de maroto; patifaria.

Disse e foi correndo agarrar o padre pela batina – e ficou preso também.

Naquela penca marcharam os cinco, um atrás do outro, até avistarem dois lenhadores que voltavam para casa, de machado ao ombro. Imediatamente, o padre pediu-lhes que o socorressem. Os lenhadores vieram puxar o padre e ficaram presos também. Elevou-se, pois, a sete o número dos presos ao ganso de João Bobo.

E assim empencados[3] foram andando até chegarem a uma cidade, cujo rei tinha uma filha tão séria que ninguém conseguia fazê-la rir. Isso levou o rei a prometê-la em casamento a quem a fizesse dar uma boa risada.

Logo que João Bobo soube disso, apresentou-se diante da princesa com o seu batalhão. Vendo aquelas pobres criaturas a seguirem o rapaz por onde ele ia, a princesa pôs-se a rir que nem doida. João Bobo, então, foi exigir do rei a recompensa prometida. O rei, não apreciando muito o futuro genro, apresentou novas condições. Disse que só lhe daria a filha se ele fosse capaz de beber uma adega inteira de vinho.

João lembrou-se do velho da floresta e, indo para lá, encontrou-o no mesmo lugar onde descobrira o ganso. Estava o velhinho muito triste, sentado sobre um tronco de árvore. João perguntou-lhe a razão daquela tristeza e o velho respondeu:

– Estou com tamanha sede que não sei o que fazer; não suporto água de espécie alguma e um barril de vinho não é nada para mim.

– Pois acompanhe-me que matarei sua sede – disse o rapaz e levou-o ao palácio.

---

[3] Empencados: unidos uns aos outros em forma de penca.

Chegando lá, o velho entrou para a adega real e bebeu com tanta fúria que, pela noitinha, não havia um só barril cheio. João Bobo, vitorioso novamente, exigiu a recompensa prometida. O rei, porém, não se dando por vencido, ainda impôs nova condição: a de encontrar um homem capaz de comer um pão do tamanho dum morro. Mais que depressa João Bobo voltou à floresta, onde encontrou um homem a envolver-se numa tira de couro e a fazer caretas horríveis, dizendo:

— Já comi uma fornada de roscas, mas que adianta isso para a minha terrível fome? Continuo com o estômago vazio e tenho de amarrá-lo fortemente, senão acabo morrendo de dor!

— Pois acompanhe-me que terá pão por muito tempo — disse João Bobo levando o homem ao palácio, onde o rei já havia ordenado muitas fornadas. E o homem comeu com tanta fúria que, ao findar o dia, só restavam migalhas.

João Bobo, pela terceira vez vencedor, pediu a recompensa prometida. O rei, sempre apresentando desculpas, propôs uma nova condição. Queria um navio que navegasse tanto em terra como em água.

— Se conseguir isso — falou o rei —, terá finalmente minha filha por esposa.

João Bobo foi direitinho à floresta à procura do velho com quem dividira a merenda. Quando lhe contou a história do rei e disse do que precisava, o velho deu-lhe imediatamente um navio mágico, dizendo:

— Você tem bom coração e, portanto, merece que eu o ajude a ser feliz. Aí tem o que quer.

Logo que o rei recebeu o navio mágico, nada mais pôde fazer senão dar a filha em casamento a João Bobo. Celebraram-se as núpcias com grandes festas; mais tarde, com a morte do soberano, João Bobo tornou-se rei e viveu muito feliz em companhia de sua esposa por todo o resto da vida.

O príncipe sapo

Noutros tempos, quando desejar uma coisa era tê-la, existia um rei cujas filhas eram todas bonitas; porém a mais jovem era tão linda que o próprio sol, apesar de vê-la todos os dias, não se cansava de admirar-lhe a beleza.

Nas proximidades do castelo real havia uma grande floresta, muito escura, que escondia em seu seio uma velha tília, sob cujos galhos corria tranquilo regato. Em dias de muito calor, a princesinha caçula costumava ir a essa floresta para sentar-se à beira do riacho refrescante, divertindo-se com uma bola de ouro, que atirava para o ar e aparava novamente nas mãos, assim passando horas.

Mas aconteceu que uma vez, estando a brincar com a bola, esta escapou-lhe das mãos, caiu na grama e rodou para o riacho. A princesinha acompanhou a bola com os olhos ansiosos até vê-la desaparecer na água. Pôs-se então a chorar, cada vez mais alto, até que, de repente, soou uma voz ali perto.

– Por que chora, princesinha? As suas lágrimas comovem até as pedras.

Olhando para o lugar de onde vinha a voz, a princesa viu um sapo com a cabeça fora d'água.

– Oh, foi você que falou, sapo? Estou chorando porque perdi minha bola de ouro nesse riozinho.

– Não chore – disse o sapo. – Poderei remediar o mal. Mas... o que me dará em troca se eu lhe devolver a bola?

– O que você quiser, sapo! Meus vestidos, as pérolas, as joias, ou a coroa de ouro que uso.

– Não desejo pérolas nem pedras preciosas – retrucou o sapo. – Mas se promete deixar-me ser seu companheiro, sentar-me à mesa junto de você, comer no mesmo prato, beber no mesmo copo e dormir na mesma cama, então lhe trarei novamente a bola de ouro.

– Terá o que quiser, se me devolver a bola – disse ela. Mas pensou lá consigo: "O que será que deseja esse sapo? Ele que fique na água com o resto da saparia; viver comigo é que não pode."

Ao receber a resposta, o sapo mergulhou na água, para logo depois reaparecer com a bola na boca. Atirou-a sobre a grama; a princesinha, mais que depressa, pegou-a e saiu correndo.

– Espere! espere! – gritou o sapo. – Também vou junto. Não posso pular tão depressa quanto você corre.

Mas todo o seu coaxar foi inútil, pois a filha do rei não o ouviu e, logo que chegou ao palácio, esqueceu o pobre sapo, que teve de voltar para a água muito triste da vida.

No dia seguinte, quando a princesinha se sentava à mesa com o pai e as irmãs, percebeu qualquer coisa subindo a escadaria de mármore. E logo após ouviu uma batida na porta: *toc, toc, toc*.

– Abra a porta, princesinha! – exclamou alguém.

A moça levantou-se imediatamente para ver quem a chamava. Quando deu com o sapo, fechou a porta com toda a força e voltou para a mesa, muito pálida. O rei, vendo-a assim inquieta, perguntou se era algum gigante que tinha vindo buscá-la.

– Não – respondeu a princesa –, não é gigante nenhum, mas sim um sapo horrendo.

– O que ele quer com você? – perguntou o rei.

— Ah, papai, quando eu estava brincando com minha bola de ouro, à beira do riacho, ela caiu na água. Pus-me a chorar. Ouvindo o meu choro, esse sapo veio e trouxe-me de novo a bola. Mas antes disso fez-me prometer que o faria meu companheiro. Nunca pensei que ele conseguisse sair da beira d'água, e agora ele está aqui.

Nisso bateram novamente e o sapo falou:

— Princesinha caçula, já esqueceu as promessas que me fez à beira do regato, sob aquela tília frondosa? Princesinha, abra a porta!

— Já que prometeu, agora cumpra! — ordenou o rei. — Vá abrir a porta.

A jovem deu entrada ao sapo e este, logo que entrou, foi pulando para junto da princesa, à qual pediu que o levantasse do chão e o pusesse junto dela. A princípio, a moça hesitou, mas decidiu-se logo que o rei lhe deu ordem de satisfazer o pedido do sapo. Assim que o sapo se viu na cadeira da princesa, tratou de pular para a mesa e achegar-se[1] do prato da jovem, para comerem juntos. Muito contra a vontade, a princesa viu-se forçada a jantar com aquele nojento animal. Por fim, o sapo deu-se por satisfeito e pediu-lhe que o levasse para a cama, pois estava cansado. A princesa pôs-se a chorar, sentindo nojo de encostar-se naquele bicho e tê-lo em sua caminha tão limpa. Suas lágrimas, porém, só serviram para enraivecer o rei.

— Quem a auxiliou num momento difícil não pode ser desprezado — disse ele.

E assim, ela foi obrigada a levá-lo para o seu quarto. Mas colocou-o a um canto e foi deitar-se. O bicho, não se

---

[1] Achegar-se: aproximar-se.

conformando com aquilo, disse-lhe que ou o pusesse na cama ou ele iria queixar-se ao rei. Tais palavras deixaram a princesinha tão furiosa que, agarrando o sapo por uma perna, o atirou de encontro à parede, dizendo:

– Quero ver se não fica quieto agora, sapo imundo!

Mas, ao cair, o sapo transformou-se num belo príncipe, o qual lhe contou de como fora transformado em sapo por uma bruxa e condenado a ficar sapo até que uma linda princesa o tirasse do rio. Disse-lhe também que no dia seguinte se casariam, seguindo juntos para o seu reino.

Na manhã seguinte, logo ao nascer do sol, uma belíssima carruagem, tirada[2] por oito cavalos brancos enfeitados com penas de avestruz e arreios de ouro, parou diante do portão do palácio. Atrás da carruagem estava o fiel João, criado do jovem príncipe. Quando o seu amado amo foi transformado em sapo, o fiel João sentiu tanto que amarrou o coração com três argolas de ferro, para que não se partisse de tristeza e dor. Mas agora ali estava, pronto para levar o príncipe e a noiva de volta ao reino e cheio da maior alegria da sua vida.

Não haviam andado muito quando o príncipe, ouvindo um estalo, como se alguma peça da carruagem tivesse partido, pôs a cabeça para fora e perguntou ao criado o que acontecera.

– Não foi nada, meu senhor; apenas se partiu uma das argolas que apertavam o meu coração. Coloquei-as quando o meu senhor foi transformado em sapo, tal era a minha tristeza.

Por mais duas vezes, durante a viagem, ouviram o mesmo ruído, e o príncipe, sempre pensando que fosse alguma peça que se quebrara, fez a mesma pergunta. Mas a causa do ruído era sempre a mesma. Eram as outras argolas que envolviam o coração do fiel João, as quais se arrebentaram todas, tamanha era a alegria que inchava o seu grande coração.

---

[2] Tirada: puxada.

As enteadas e os anões

Há muito tempo houve um homem que perdeu a mulher, muito boa senhora, no mesmo dia em que uma mulher perdeu o marido, muito bom senhor. Tinham cada qual uma filha, que se davam muito e viviam passeando juntas, de braços dados. Um dia, ao vê-las passar sob a sua janela, a viúva disse à filha do viúvo:

— Pergunte a seu pai se quer casar comigo e arranje para que ele queira. Se conseguir isso, juro que darei a você tudo quanto você quiser: vinho para beber e leite até para lavar-se nele. Para a minha própria filha só dou água, tanto para beber como para lavar-se.

Quando a menina voltou para casa e contou ao pai a proposta da viúva, este considerou que o casamento é ato perigoso e muito sério, porque, assim como pode trazer felicidade, pode também trazer infelicidade, e ficou sem saber como decidir-se, até que teve uma ideia. Pegou uma das suas botas, que estava furada, e disse à menina que a enchesse de água e a pendurasse num prego da parede. Se a água vazasse, ele não se casaria; mas, se não vazasse, ele casaria imediatamente.

A água não vazou (porque a menina havia tapado o buraco) e o homem teve de casar-se com a viúva.

Logo no dia seguinte ao casamento, pela manhã, defronte do quarto da filha do viúvo, estavam o vinho e o leite prometidos, enquanto que diante do quarto da filha da viúva só havia água. No segundo dia, porém, defronte do quarto de ambas só havia água, e no terceiro havia água só para a filha do viúvo, e leite e vinho em quantidade para a filha da viúva. E assim continuou daí por diante, porque a viúva se encheu de ciúme da enteada, que era muito mais bonita que sua filha, e começou a fazer tudo para judiar dela.

Certo dia de inverno muito rigoroso, quando fora de casa só havia neve, a malvada chamou a pobre menina e disse:

— Estou com muito desejo de comer morangos. Tome este cesto e vá colhê-los no bosque; e não me volte enquanto o cesto não estiver cheio.

Disse isso e, em vez dum bom capote de lã, deu-lhe, para que se abrigasse do terrível frio, uma capa de papel muito fina. A menina protestou:

— Não há morangos no inverno, a senhora bem sabe. Como tudo está coberto de neve, não poderei nunca encontrar semelhante fruta. Além disso, como posso sair assim, com um frio desses, vestida com essa capinha tão leve?

– Faça o favor de não me contrariar – respondeu a madrasta. – Vá e não me apareça senão com os morangos encomendados.

E deu-lhe um pedaço de pão seco, muito duro, pensando lá consigo que a menina logo morreria de fome e frio, e assim ficaria livre dela para sempre.

A menina pegou a cestinha e saiu com a sua capa de papel. Tudo estava recoberto de neve, não havendo o menor sinal de folha nas árvores, e muito menos de morangos. A menina foi andando, andando, até que encontrou uma casinha com três anões que espiavam pela janela. Depois de saudá-los delicadamente, a menina bateu na porta. Os anões convidaram-na para entrar e fizeram-na sentar-se perto do fogo, de modo que pudesse aquecer-se à vontade.

Vendo o pedaço de pão, os anões pediram-lhe um naco.

– Com todo o prazer! – respondeu ela, dividindo o pão em dois e oferecendo-lhes o maior pedaço. Em seguida, perguntaram eles como se arranjava com aquela capinha de papel num tempo tão frio.

– Não sei – respondeu a pobrezinha. – Mandaram-me colher uma cesta de morangos e se não o fizer não poderei voltar para casa.

Acabado de comer o pão, os anões deram-lhe uma vassoura e pediram-lhe que varresse a frente da casinha. A menina obedeceu, e enquanto varria os três anões conferenciaram[1] entre si.

– Ela repartiu conosco o único pão que tinha e é amável e obediente. O que deveremos dar a essa boa menina?

– Eu a farei cada dia mais linda – disse um.

– Moedas de ouro espirrarão de sua boca sempre que ela a abrir – disse o outro.

– Há de casar-se com um rei – disse o terceiro.

Enquanto isso, a menina continuava varrendo a neve, como havia sido mandada. De repente, o que é que viu? Umas coisinhas vermelhas pelo chão. Olhou bem. Eram morangos, lindos morangos e em quantidade suficiente para vários cestos! Louca de alegria, ela encheu a sua cestinha e, apertando a mão dos três anões, com toda a gentileza, deles se despediu e voltou correndo para casa.

---

[1] Conferenciaram: conversaram.

Assim que entrou e disse *Boa tarde!*, de sua boca saíram várias moedas de ouro, que rolaram pelo chão. E depois disso, cada vez que falava, era sempre aquela mesma chuva de ouro.

– Que esperdiçada² que é! – exclamou, cheia de inveja, a filha da viúva, pondo-se logo a pensar no meio de ir à floresta buscar morangos, certa de que a mesma coisa lhe sucederia.

– Não vai, não! – respondeu sua mãe. – Está muito frio e certamente você morreria gelada.

---

² Que esperdiçada!: que esbanjadora!

Mas tanto a filha insistiu que a viúva afinal lhe deu licença de ir colher morangos, isso depois de lhe arranjar um bom capote de lã e de a munir de bons bolos, pão com manteiga e vinho.

A filha da viúva lá se foi em direção à casinha dos anões, que estavam à janela. Chegou e não lhes deu bom-dia, nem bateu na porta. Foi logo entrando, muito sem modos. Sentou-se ao pé do fogo e começou a comer os bolos. Os anões pediram-lhe um pedaço.

— Um pedaço? — respondeu a menina dando uma risada. — Tem graça! Não veem que não chega nem para mim?

Logo que acabou de comer os bolos e beber o vinho, os anões lhe pediram que fosse varrer a neve do terreiro.

— Varram vocês, se quiserem! Não sou criada de ninguém — foi sua resposta. Depois, vendo que eles nada lhe ofereciam, retirou-se como havia entrado, sem dizer um adeus aos donos da casa.

Assim que ela saiu, os anões conferenciaram entre si sobre o que fariam para uma menina tão má.

— Há de ficar cada dia mais feia – disse um.

— Cada vez que falar saltará um sapo de sua boca – disse o outro.

— Há de ter um fim de vida muito triste – disse o terceiro.

Enquanto isso, a filha da viúva corria a floresta atrás de morangos, sem que encontrasse nem um pingo. Por fim, desanimada, regressou para casa, furiosa da vida. Chegando, assim que abriu a boca para falar, um sapo pulou fora, e desde então cada vez que falava eram sapos e mais sapos que saíam da sua boca má.

Isso encheu de cólera e ódio a madrasta, e ainda mais ver que cada dia que se passava a filha do seu marido crescia em gentileza e formosura. Um dia teve uma ideia. Pegou um trapo de lã e um machado e disse à menina:

— Vá ao rio, abra um buraco no gelo e lave este pano.

Obediente como era, a boa menina tomou o machado e se foi ao rio, que estava inteiro congelado. E lá começou a dar machadadas no gelo para abrir um buraco. Nisso, ouviu um barulho. Era uma carruagem majestosa que vinha vindo, com o rei dentro.

— O que está fazendo aí, menina? – perguntou o rei, mandando parar a carruagem.

— Estou abrindo um buraco para lavar este pano – respondeu ela simplesmente.

Vendo o rei que maravilha de beleza ela era, perguntou-lhe se aceitava um lugar ao seu lado e se queria chegar até a corte. A menina aceitou, achando que era um bom meio de ver-se livre da cruel madrasta e da peste de sua filha. Pelo caminho, combinaram que se casariam, o que aconteceu logo que chegaram ao palácio real.

Um ano mais tarde, a jovem rainha teve um lindo filhinho e, como a notícia chegasse à casa da madrasta, esta e a filha lá apareceram, muito humildes, dizendo-se arrependidas e desejosas de conhecer o principezinho.

Como o rei estivesse fora e a rainha se encontrasse só em seu quarto, a madrasta achou boa a ocasião para vingar-se e, com ajuda da filha, arrancou a rainha da cama, arrastou-a até a próxima janela e lançou-a no lago do pátio. Em seguida, a madrasta colocou a filha na cama, vestida com as roupas da rainha, e cobriu-a muito bem, de modo que não pudesse ser reconhecida pelo rei quando voltasse.

O rei chegou logo depois, ansioso por falar com a rainha.

– Não – disse a madrasta –, ela está muito abatida e não pode receber ninguém.

O rei acreditou e retirou-se para os seus aposentos. No outro dia, entretanto, insistiu em entrar e ficou horrorizado ao ver que da boca da rainha saíam sapos cada vez que ela falava. Cheio de nojo, perguntou a razão daquilo; mas a esperta madrasta inventou uma explicação qualquer, afirmando ser coisa de passar logo.

Nessa mesma noite, um guarda do palácio viu um cisne aproximar-se da beira do lago e dizer:

– O rei, que está fazendo agora? Dormindo ou vigilando[3]?

Como não recebesse resposta, insistiu:

– E as minhas hóspedas, que estão elas fazendo agora?

– Estão dormindo a sono solto – respondeu o guarda.

---

[3] Vigilando: vigiando; acordado.

— E o príncipe recém-nascido?

— Esse dorme em seu berço – respondeu o guarda.

Então, o cisne transformou-se em mulher (era a rainha) e, subindo as escadas, penetrou no quarto onde dormia o bebê e amamentou-o; depois, readquiriu a forma de cisne e voltou ao lago.

Três noites isso aconteceu, mas na quarta o cisne ordenou ao guarda que dissesse ao rei para trazer a sua espada, que devia por três vezes passar sobre a sua cabeça. O rei fez assim e ao fim da terceira vez o cisne desapareceu, surgindo em seu lugar a rainha, mais bela do que nunca.

Muito alegre ficou o rei, mas tratou de esconder a rainha por uns dias até que o principezinho fosse batizado. Depois consultou a madrasta.

– Diga-me: o que merece quem arranca uma criatura da cama, para jogá-la no lago pela janela?

A madrasta respondeu:

– Merece ser fechada numa barrica e rolada morro abaixo.

– A senhora acaba de pronunciar a sua própria sentença – disse o rei, ordenando que trouxessem uma barrica de tamanho duplo.

Seus guardas meteram dentro a madrasta e a filha, pregaram a tampa com pregos bem compridos e lançaram a barrica dum morro abaixo, para que tivessem a cruel morte que ambas mereciam pela sua grande maldade.

Branca de Neve e Rosa Vermelha

Era uma vez uma viúva que morava em uma casinha com duas filhas. As meninas chamavam-se Branca de Neve e Rosa Vermelha, por serem como as rosas que desabrochavam nos dois canteiros em frente da casinha. Eram tão boas, trabalhadeiras e direitinhas que só vendo; mas Branca de Neve era mais quieta e meiga que a irmã. Enquanto Rosa Vermelha andava pelos campos, atrás das borboletas ou colhendo flores, Branca de Neve ficava em casa ajudando a mãe ou lendo algum livro de história, se não tinha nada a fazer.

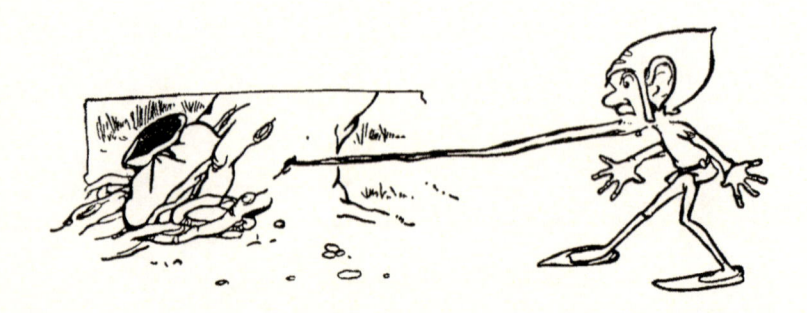

As duas irmãs queriam-se muito, estavam sempre juntinhas e, cada vez que saíam de mãos dadas, uma dizia para a outra que jamais haviam de separar-se, e que o que uma tivesse repartiria com a outra. Às vezes entravam pela floresta em busca de flores, mas sem correr perigo, pois as feras não lhes faziam mal algum. As lebres e os veadinhos vinham comer-lhes nas mãos, e os passarinhos acompanhavam-nas pulando de galho em galho e cantando docemente. Nunca lhes aconteceu nada de ruim. Se às vezes a noite as surpreendia no mato, elas deitavam-se na grama fofa e ali adormeciam, sem medo algum. E como sua mãe também sabia que nada lhes podia acontecer, não se sentia aflita com a demora das duas.

Uma vez em que passaram a noite na floresta, ao acordarem pela manhã viram uma criança linda, toda vestida de branco, sentada ali ao lado. A criança levantou-se, mirou-as por algum tempo e, sem dizer palavra, desapareceu na floresta. Quando as duas olharam para trás, viram que haviam dormido à beira de um precipício, onde certamente teriam caído se houvessem dado mais uns passos no escuro. Ao voltarem para casa, a mãe lhes disse que com certeza aquela criança era o anjo da guarda que protege as boas meninas.

Branca de Neve e Rosa Vermelha conservavam a casinha onde moravam tão limpa que dava gosto vê-la. Todas as manhãs, no verão, Rosa Vermelha varria a casa e depois ia colher um ramalhete de flores para sua mãe, apanhando um botão de cada roseira. Todas as manhãs de inverno Branca de Neve fazia fogo e punha água no caldeirão para ferver. Esse caldeirão, apesar de ser de cobre, brilhava como se fosse ouro, tão limpinho a menina o trazia sempre. À noite, quando a neve cobria a terra com o seu manto branco, a mãe mandava fechar a porta e depois sentava-se com as duas filhas junto à chaminé. Punha os óculos e lia histórias do arco-da-velha. Um carneirinho que uma delas criara também fazia parte do grupo, assim como uma pombinha branca que todas as noites se empoleirava na porta, com a cabeça metida debaixo da asa.

Certa noite, quando ouviam a história que a mãe lhes contava, alguém bateu na porta.

— Vá ver quem bate, Rosa Vermelha! – disse-lhe a mãe. – Vá depressa, pois talvez seja alguém a morrer de frio.

Mas logo que Rosa Vermelha abriu a porta, esperando ver algum viajante tiritando[1] de frio, um enorme urso preto entrou na sala. A menina pôs-se a gritar de medo e o carneirinho a balir[2]; a pombinha voou para o lugar mais alto e Branca de Neve escondeu-se debaixo da cama. O urso, porém, começou a falar.

— Não tenham medo – disse ele. – Não faço mal a ninguém; se aqui vim ter foi por estar quase morrendo de frio.

— Pobre urso! – disse a mãe. – Pode deitar-se diante do fogo, mas tome cuidado para não se queimar.

E chamou depois as duas meninas, dizendo-lhes que o urso era manso e que não tivessem medo.

— Quero que tirem a neve que me cobre a pele – disse o urso às meninas. Sem o menor medo, elas trouxeram suas

---
[1] Tiritando: tremendo.
[2] Balir: emitir a voz característica de ovelhas e carneiros.

vassourinhas e em pouco tempo fizeram o serviço. O urso pôs-se a rosnar de satisfação. Não demorou muito, Branca de Neve e Rosa Vermelha ficaram suas amigas. Puseram-se a brincar com ele, ora puxando-lhe o pelo, ora dando-lhe beliscões e rindo-se quando o animal rosnava. Mas às vezes, quando o beliscão era muito forte, o urso dizia:

*– Não me tirem a vida,
Branca de Neve e Rosa Vermelha,
pois se eu morrer vocês nunca se casarão.*

Quando chegou a hora de irem para a cama, a mãe disse ao urso que se deitasse junto da chaminé, pois ali estaria mais protegido do frio.

Logo ao romper da aurora, o urso saiu e só voltou ao anoitecer, à mesma hora da véspera. Ficou então a brincar com as duas meninas, que, aos poucos, se tornaram tão suas amigas que deixavam a porta aberta para que ele entrasse quando bem entendesse.

Mas quando chegou a primavera e a vida voltou de novo para a terra, o urso disse a Branca de Neve que precisava partir e que só voltaria no inverno seguinte.

– Onde é que vai ficar todo esse tempo? – perguntou Branca de Neve.

– Sou obrigado a vagar pela floresta para guardar o meu tesouro contra os anões. Durante o inverno, eles ficam em suas tocas, mas com a volta da primavera saem pela floresta e roubam tudo que encontram; e qualquer coisa, uma vez levada para as cavernas dos anões, está perdida para sempre.

Mas a menina ficou tão triste com a notícia da partida que não teve coragem de abrir bem a porta, de modo que, ao esgueirar-se por ali, o urso deixou um punhado de pelo na fechadura; e, no lugar de onde esse pelo saiu, Branca de Neve teve a impressão de ver alguma coisa que brilhava como ouro. Em seguida, o urso correu para a floresta, desaparecendo entre as árvores.

Algum tempo depois, a mãe das meninas mandou-as ao mato juntar lenha. Foram-se as duas, muito contentes, e lá encontraram uma árvore caída no meio do caminho. Ao lado viram uma coisinha que pulava de um ponto para outro. Curiosas, as duas se aproximaram mais e viram que era um anão de enorme barba branca. Estava preso pela ponta da barba numa das fendas da árvore e, por mais esforço que fizesse, não conseguia sair daquela triste situação. Olhou zangado para as duas meninas, com seus olhinhos vermelhos, e disse:

— Por que estão paradas aí? Por que ficam paradas, em vez de me ajudarem?

— O que aconteceu, homenzinho? — perguntou Rosa Vermelha.

— Oh, estúpida! Não vê que eu estava rachando lenha para fazer o meu almoço, que não pode ser cozido com a mesma lenha com que vocês fazem o seu, quando a minha barba caiu numa das fendas da madeira e esta, fechando-se, prendeu-a? Estou sem poder tirar a minha bela barba daqui. E não se riam, gente de cara de leite! O que estão fazendo aí? Por que não se mexem?

As duas irmãs fizeram o possível para ver se conseguiam libertar o anão, mas foi tudo inútil.

— Vou buscar auxílio — falou Rosa Vermelha afinal.

— Oh, idiotinha! — rosnou o anão. — Vai chamar mais gente? Saiba que não quero ver mais ninguém perto de mim.

– Não se impaciente – disse Branca de Neve. – Já encontrei um meio. – E, dizendo isso, tirou do bolso uma tesoura e cortou a ponta da barba do anão. Logo que este se viu livre, pegou um saco que estava ao lado da árvore, botou-o nas costas e foi-se resmungando e rogando pragas contra as duas irmãs por lhe terem cortado a bela barba.

Logo que o anão se viu livre...

Algum tempo depois, Branca de Neve e Rosa Vermelha foram pescar e, ao chegarem perto do riacho, viram uma coisa pulando de um lado para outro, como se quisesse fugir da beira d'água sem o conseguir. Correram para mais perto e reconheceram o anão.

– O que é que está fazendo aí? – perguntou Rosa Vermelha. – Cuidado, porque senão você cai na água.

– Não sou tão bobo assim – replicou o anão. – Mas não vê que esse peixe está me puxando?

O homenzinho estava a pescar; nisso a sua barba enroscou-se na linha, e logo em seguida um peixe, segurando a isca, a foi carregando com pescador e tudo. O anão agarrara-se ao capim que nascia à beira do riacho; mas se as duas meninas não aparecessem naquele instante, o peixe o afogaria em pouco tempo.

Ambas tentaram ver se conseguiam desembaraçar a barba do anão, mas, por mais que o tentassem, nada conseguiram. Então uma delas tirou a tesoura do bolso do avental e cortou outra vez a barba do homenzinho. Quando ele viu isso, ficou furioso e começou a dizer horrores às duas meninas, xingando-as de malvadas e rogando as maiores pragas. Ao acabar de falar, pegou um saco cheio de pérolas, que estava sobre a relva, e desapareceu atrás de uma pedra.

Dias depois disso, a mãe das meninas mandou-as à vila comprar linha, agulhas, alfinetes e alguns metros de fazenda. O caminho por onde tinham de passar era espaçadamente margeado de pedras[3] enormes. Iam elas por ali quando viram um pássaro muito grande, descrevendo círculos no ar e baixando aos poucos até que pousou atrás de uma das pedras. Imediatamente, ouviram uns gritinhos agudos. Correndo para ver o que era, avistaram uma águia carregando o anão no bico. Bondosas como eram, seguraram o anão pela barba, e tanto resistiram que a águia o largou e foi-se embora. Assim que o anão voltou a si do susto, virou-se para as duas e disse:

– Não podiam segurar-me com mais delicadeza? Olhem só como deixaram a minha bela barba branca, suas brutalhonas! – E, dizendo isso, pôs nas costas um saco de pedras preciosas e continuou o seu caminho.

Branca de Neve e Rosa Vermelha já estavam acostumadas com a ingratidão daquele homenzinho; por isso, não deram importância às suas palavras. Foram à vila, compraram o que tinham de comprar e, ao voltarem, deram de novo com o anão, que esvaziava o saco de pedras preciosas, certo de que

---

[3] Margeado de pedras: tendo pedras nas margens.

ninguém o estava vendo. O sol, caindo em cheio sobre os diamantes, fazia-os resplandecerem com tal fulgor que as meninas pararam, admiradas.

– O que estão fazendo aqui? – perguntou o anão ao vê-las, já com o rosto vermelho de raiva. E pôs-se a dizer às duas os maiores desaforos.

Nisso, um ronco se fez ouvir ao longe, e imediatamente surgiu da floresta um urso preto, que caiu sobre o anão antes que ele tivesse tempo de fugir.

– Poupe-me a vida, senhor urso! – implorou ele. – Darei todo o meu tesouro em troca da vida. De que adianta para um urso um pedacinho de gente como eu? Não chegaria nem para a cova de um dente. Ali estão duas meninas más que dariam um bom almoço.

Mas o urso, sem dar-se ao trabalho de responder, pregou-lhe um tapa que o matou instantaneamente.

As duas irmãs iam correndo de medo quando o urso as chamou:

– Branca de Neve, Rosa Vermelha, não tenham medo de nada, que eu as acompanharei.

Elas então reconheceram aquela voz amiga e pararam; e quando o urso chegou mais perto, viram-no transformar-se num formoso mancebo[4], todo vestido de ouro.

– Sou o filho do rei – disse ele. – Fui condenado a vagar pela floresta, sob a forma de urso, pelo mau anão que me roubou o tesouro, até que pela sua morte se quebrasse o encanto. Felizmente, ele acaba de receber o castigo merecido.

O príncipe então voltou para o palácio do rei, onde se casou com Branca de Neve. Rosa Vermelha desposou o irmão do príncipe, e ambos repartiram o imenso tesouro que o anão havia ajuntado. A velha mãe das duas meninas ainda viveu por muitos anos em companhia das filhas; e as roseiras que estavam plantadas diante da casinha foram transplantadas para o palácio, onde por muitos anos continuaram a ficar carregadinhas de rosas brancas e vermelhas.

---

[4] Mancebo: moço, rapaz.

Branca de Neve

Era uma vez uma rainha que pregava botões nas camisas do seu esposo, apoiada no parapeito de ébano[1] da varanda do palácio. Estava nevando. Flocos de neve alvíssima iam caindo e formando camadas sobre as ruas e canteiros no jardim real. De repente, a rainha espetou a agulha no dedo e viu três gotas de sangue pingarem na neve do jardim. Aquelas três pintas, de vermelho muito vivo na brancura puríssima da neve, fizeram a rainha pensar: "Ah, se eu tivesse uma filha tão branca como esta neve, tão corada como este sangue e de cabelos tão negros como este ébano!…"

---

[1] Ébano: árvore, da família das ebenáceas, de madeira escura e resistente.

Meses depois ela teve uma filhinha branca como a neve, corada como o sangue e de cabelos ainda mais pretos que o ébano. Infelizmente, ao nascer essa criança, que se chamou Branca de Neve, a rainha morreu.

Um ano mais tarde, o rei viúvo casou-se de novo com uma princesa muito bonita, porém tão vaidosa que não admitia que pudesse haver beleza maior que a sua. Essa princesa possuía um espelho encantado no qual costumava mirar-se, dizendo:

– Ó espelho, dizei-me ainda,
das mulheres qual a mais linda?

E o espelho respondia:

– Quem mais senão vós, ó bela rainha?

A vaidosa dama sentia-se feliz com a opinião do espelho, porque os espelhos nunca mentem.

A pequenina Branca de Neve, porém, foi crescendo e tornou-se, aos sete anos, de uma tal formosura que passava a orgulhosa rainha longe. Em um dia em que esta, como de costume, consultou o espelho, em vez de o espelho responder como respondia sempre, o que disse foi:

– Já fostes a mais bela, rainha donairosa[2],
porém agora Branca de Neve é a mais formosa.

Ao ouvir essa resposta, a rainha ficou amarela de despeito e ódio, e desde esse momento não pôde mais suportar a pre-

---
[2] Donairosa: gentil, garbosa.

sença da pobre menina. E como Branca de Neve, cada dia que se passava, ficasse ainda mais linda, a madrasta não pôde conter a inveja. Chamou um caçador e deu-lhe ordem de levar a princesinha para bem longe na floresta e matá-la.

– Leva-a, mate-a e traga-me a sua língua e o seu coração para eu ter a certeza da sua morte.

O caçador imediatamente saiu a cumprir as ordens da sua senhora; levou Branca de Neve para bem longe na floresta e tirou o punhal para matá-la. No momento, porém, em que ia cravar-lhe o punhal no peito, a pobre menina implorou:

– Caçador, não me mates! Eu me embrenharei por estes bosques adentro e a rainha nunca mais me verá.

A doçura das suas palavras e a extrema beleza da menina amoleceram o coração do caçador, que resolveu deixá-la por ali, certo de que as feras logo a comeriam. Nesse momento, um porco-do-mato apareceu perto. O caçador matou-o, cortou-lhe a língua e tirou-lhe o coração, levando-os à rainha como se fossem de Branca de Neve. Desse modo, provou que havia cumprido as ordens recebidas.

A pobre menina ficou sozinha no mato, sem saber para onde dirigir-se, completamente tonta no meio de tantas árvores mudas. Começou a andar ao acaso sobre as pedras úmidas e cheias de musgo, esbarrando em espinhos e tropeçando em cipós. Encontrou várias feras, mas com surpresa viu que, em vez de atacá-la, as feras a olhavam com respeito e admiração.

Andou, andou, andou ao acaso até sentir-se exausta de canseira, e ao cair da noite, com medo de dormir no mato, entrou numa casinha que viu ali perto. Tudo era pequeno nessa casinha, mas todas as coisas dispostas com muita ordem e asseio. No meio da sala havia uma pequena mesa, de toalha muito alva, com sete pratinhos, sete talheres e sete copos minúsculos. Junto à parede viam-se sete caminhas enfileiradas uma ao lado da outra, todas com os seus lençóis muito alvos. Branca de Neve estava com fome; vendo que nos pratos havia sopa e nos copos havia vinho, tomou um pouco da sopa de cada prato e bebeu um pouco do vinho de cada copo. Desse modo, se alimentaria sem que os moradores da casinha ficassem prejudicados. Em seguida, deitou-se na primeira das caminhas. Era curta demais para o seu tamanho. Experimentou a segunda. Era estreita demais. Experimentou a terceira. Era dura demais. Experimentou a quarta, a quinta, a sexta, e afinal verificou que a sétima parecia até feita especialmente para ela. Deitou-se, rezou e logo adormeceu.

Ao anoitecer, os donos da casinha entraram. Eram sete anões que mineravam ouro na montanha próxima. Acenderam as sete lâmpadas existentes e logo perceberam que alguém havia entrado na casa e mexido em coisas.

O que havia entrado primeiro gritou:

– Alguém sentou-se na minha cadeira! – E o segundo disse: – Alguém comeu no meu prato! – E o terceiro disse: – Alguém tomou a minha sopa! – E o quarto disse: – Alguém buliu no meu garfo! – E o quinto disse: – Alguém pegou na minha colher! – E o sexto disse: – Alguém sentou na minha cadeira! – E o sétimo disse: – Alguém bebeu o meu vinho!

Em seguida, o primeiro anão, olhando em volta, exclamou, ao ver a sua cama desarrumada:

– Alguém esteve deitado na minha cama!

Imediatamente, todos olharam para as suas respectivas camas e verificaram que a mesma coisa havia sucedido: alguém havia estado em cada uma das camas! Nisso, o sétimo descobriu a menina a dormir na sua cama. Ficou muito admirado do encontro e chamou os companheiros, os quais correram de lâmpadas na mão para ver a menina.

– Como é bela! – exclamaram todos ao mesmo tempo. E tão contentes ficaram, que não tiveram ânimo de acordá-la. O sétimo anão, que ficara sem cama para dormir, dormiu uma hora na cama de cada um e assim a noite se passou.

Ao amanhecer, Branca de Neve, logo ao despertar, ficou admiradíssima de ver ali aqueles anõezinhos, mas não sentiu medo nenhum porque todos sorriam para ela. Um deles perguntou como se chamava.

– Branca de Neve – respondeu ela, e contou-lhes que havia sido mandada para a floresta pela má rainha a fim de ser morta pelo caçador, só escapando graças à piedade deste, e que, afinal, depois de um dia inteiro de caminhada, viera ter àquela casinha, onde entrara com esperança de encontrar moradores de bom coração. Quando concluiu a sua triste história, os anões lhe perguntaram:

– Quer ficar aqui tomando conta da nossa casa, cuidando da comida e da nossa roupa? Se aceitar, nada faltará nunca a você.

– Com grande prazer! – respondeu Branca de Neve, muito contente de ver-se livre dos perigos da floresta.

Branca de Neve, logo ao despertar...

E ficou. De manhã, os anões saíam a minerar ouro pelas montanhas e ao voltarem toda noite encontravam tudo arrumadinho, com o jantar posto na mesa. Mas como Branca tinha de ficar só na casa durante o dia, os anões avisaram-na que tivesse muito cuidado em não deixar entrar ninguém, porque senão a madrasta má poderia descobrir tudo e persegui-la de novo.

Enquanto isso, a rainha, lá no palácio, depois de haver comido o coração do porco-do-mato que o caçador lhe levara como se fosse o coração da menina, dirigiu-se ao espelho, certa de que a sua resposta ia ser a mesma dos primeiros tempos.

– *Ó espelho, dizei-me ainda,*
das mulheres qual a mais linda?

Mas a resposta não foi a esperada, e sim esta:

– *Já fostes a mais bela, rainha donairosa,*
mas hoje, bem longe, no sombrio mato,
vive Branca de Neve, agora a mais formosa,
com pequeninos anões, à beira dum regato.

Aquela resposta deixou a rainha furiosa, pois sabia que era a verdade pura. Percebeu logo que o caçador a havia enganado e que portanto Branca de Neve ainda vivia. Pôs-se a pensar no melhor meio de libertar-se da enteada, pois o ciúme não lhe daria sossego enquanto Branca vivesse. Finalmente, teve uma ideia. Pintou o rosto, disfarçou-se de vendeira[3] ambulante, de modo que ninguém a reconhecesse, e foi direitinho à casa dos anões. Lá bateu: *toc, toc, toc.*

– Não quer comprar lindas fitas de seda? – perguntou a traidora, logo que Branca de Neve apareceu à janela. – Tenho aqui uma linda coleção de peças de todas as cores e de todos

---

[3] Vendeira: vendedora.

os padrões. Você ainda ficará mais linda se usar estas fitas no cabelo e na cintura. Venha aqui fora, para vê-las.

De nada suspeitando e tentada pela beleza das fitas, Branca de Neve saiu e deixou que a vendeira lhe amarrasse nos cabelos uma fita. Súbito, a mulher agarrou-a e amordaçou-a, antes que ela pudesse dar um só grito. Aquele repentino assalto fez a menina perder os sentidos e cair no chão como morta.

A rainha, julgando que ela de fato tivesse morrido, disse consigo, muito satisfeita:

– Agora tenho a certeza de que sou outra vez a mais bela! – e voltou para o palácio.

Quando nessa noite os anõezinhos entraram, foi grande a aflição deles ao darem com a menina desfalecida – ou morta, não sabiam, pois não respirava, nem fazia o menor movimento. Levantaram-na do chão; vendo a fita com que fora amordaçada, cortaram-na, e tudo fizeram para que voltasse a si. Foi o que aconteceu. Em poucos minutos, Branca deu o primeiro sinal de vida, depois abriu os olhos e afinal pôde falar e contar o que havia acontecido.

— Bem, nós avisamos você! — disseram os anõezinhos. — A vendeira de fitas não era outra senão a sua madrasta má, assim disfarçada. De agora em diante, tome mais cuidado e desconfie de todos que aparecerem por aqui.

Assim que a rainha chegou ao palácio, foi correndo consultar o espelho mágico.

— Ó espelho, dizei-me ainda,
das mulheres qual a mais linda?

E o espelho respondeu:

— Já fostes a mais bela, rainha donairosa,
mas hoje, bem longe, no sombrio mato,
vive Branca de Neve, agora a mais formosa,
com pequeninos anões, à beira dum regato.

Ao ouvir tais palavras, a rainha quase estourou de ódio, pois queriam dizer que ela se enganara e Branca de Neve ainda vivia.

— Hei de matá-la! — esbravejou a madrasta má. — Hei de descobrir um jeito.

Pensou, pensou, pensou. Depois disfarçou-se de viúva e, arranjando um pente venenoso, foi outra vez à casa dos anõezinhos, onde bateu, *toc, toc, toc.*

Branca apareceu à janela e disse:

— Siga seu caminho, minha velha. Não posso abrir a porta para ninguém.

— Olhe só este lindo pente — disse a velha, mostrando o pente venenoso, que era uma maravilha de beleza. Tão lindo, realmente, que Branca não resistiu: comprou-o.

— Agora deixe-me entrar — disse a velha —, para ensinar a você como deve pentear-se com o lindo pente.

Branca mais uma vez esqueceu-se das recomendações dos anões e deixou-a entrar. A velha imediatamente cravou-lhe o pente na cabeça, fazendo-a cair no chão como morta.

— Desta vez não me escapa! — murmurou a rainha disfarçada de velha. — Estou para sempre livre da sua maldita beleza.

Felizmente, os anõezinhos, ao regressarem, viram a menina de novo desacordada e, desconfiando que seria outra malvadeza da madrasta má, puseram-se a examiná-la. Descobriram o pente cravado em sua cabeça e, ao retirá-lo, viram que ela se reanimava. Branca então contou o que havia se passado.

— Pois aprenda — disseram os anões —, e nunca mais abra a porta para quem quer que seja, velha ou moça.

Enquanto isso, a rainha chegava ao palácio e corria ao espelho para consultá-lo. A resposta foi a mesma da última vez, o que muito a desapontou, fazendo-a cair num acesso de cólera ainda mais violento do que todos os que havia tido. Jurou então que não sossegaria antes de dar cabo da odiada rival. Pensou, pensou, pensou. Depois envenenou, muito bem envenenada, uma maçã e, disfarçando-se de camponesa, foi bater à porta da casa dos anões.

— Tenho ordens de não deixar ninguém entrar — disse-lhe Branca da janela.

— Não faz mal — respondeu a camponesa. — Sou vendedora de maçãs e amanhã voltarei com uma cesta delas. Por hoje só deixo uma, como amostra.

— Tenho ordem de não aceitar coisa nenhuma — disse Branca de Neve.

— Tem medo de que seja venenosa? — perguntou a camponesa com cara inocente. — Que bobagem! Vou parti-la em duas metades e comerei uma para mostrar que é maçã muito boa.

E assim fez. Partiu a maçã em duas metades e comeu uma delas (justamente a metade que não tinha veneno). Branca, que desde que viera morar na casa dos anões não havia comido uma só maçã, sentiu água na boca e não pôde resistir à tentação. Vendo a mulher comer a metade da fruta, de nada desconfiou e estendeu a mão para pegar a outra metade. Mas assim que deu a primeira dentada, caiu no chão como morta.

Muito contente da vida, a rainha disfarçada de camponesa exclamou:

— Branca como a neve, corada como o sangue, de cabelos negros como o ébano! A princesinha que era assim já não existe mais e desta vez os anões nada conseguirão.

E voltou correndo ao palácio para consultar o espelho.

— Ó espelho, dizei-me ainda,
das mulheres qual a mais linda?

E o espelho respondeu:

— Sois vós, bela rainha!

O seu coração invejoso acalmou-se e ela finalmente sossegou.

Quando os anões voltaram e viram Branca de Neve caída no chão, pela terceira vez tudo fizeram para revivê-la[4], como antes. Pentearam-na para ver se descobriam qualquer coisa em sua cabeça. Por fim, convenceram-se de que estava realmente morta.

Tinham de enterrá-la, mas como enterrá-la assim? Branca, apesar de morta, e bem morta, mostrava-se tão fresca e corada como se estivesse viva.

– Não podemos enterrá-la na terra fria – disseram entre si os anões. E arranjaram um caixão de cristal, onde a depuseram[5] com uma inscrição em letras de ouro na qual contavam a sua vida. Puseram esse caixão sobre uma rocha ali perto e todos os dias um deles ficava a vigiá-lo. Até os pássaros choraram a morte de Branca; até as corujas e os corvos!

---

[4] Revivê-la: trazê-la de volta à vida, reanimá-la.
[5] Depuseram: colocaram.

Durante muito tempo, Branca de Neve permaneceu no caixão de cristal, sem mudar de aspecto, como se estivesse dormindo, pois continuava branca como a neve, corada como o sangue e com os cabelos negros e brilhantes como o ébano.

Aconteceu, porém, que um príncipe, estando a caçar por aquela floresta, veio pedir pouso em casa dos anões. Não encontrando ninguém, deu volta em redor da casa e viu a rocha com o caixão de cristal em cima.

— Querem vender-me esse caixão? – perguntou ao anão que estava de guarda. – Darei quanto quiserem.

— Não o venderemos nem por todo o ouro do mundo – foi a resposta recebida.

— Nesse caso, permitam-me que o leve, pois, como não posso viver sem Branca de Neve, guardarei toda a vida o seu corpo em meu palácio.

Vendo o profundo amor que o príncipe dedicava à jovem, os anões permitiram que ele levasse consigo o caixão de cristal. O príncipe tomou-o nos ombros e lá se foi. De repente, esbarrou com os pés numa pedra, tropeçou e derrubou-o. Com o baque, o pedaço de maçã envenenado, que ainda estava na boca da menina, saltou fora e ela imediatamente reviveu.

— Onde estou? – disse, abrindo a tampa do caixão e pondo-se de pé.

— Ao lado do príncipe que a adora e que só se casará se Branca de Neve quiser casar-se com ele.

E ambos, muito alegres, contaram um ao outro tudo o que havia acontecido até ali. Em seguida, dirigiram-se ao palácio, onde o casamento foi celebrado com a maior pompa que já se viu.

Aconteceu que a madrasta má foi também convidada; ao preparar-se para a festa, parou diante do espelho e pela última vez lembrou-se de perguntar:

– *Ó espelho, dizei-me ainda,*
qual das mulheres é a mais linda?

E o espelho respondeu:

– *Já fostes a mais bela, rainha donairosa,*
porém agora a noiva do príncipe é a mais formosa.

A rainha ficou tão furiosa que quebrou tudo quanto havia no quarto, inclusive o espelho. A princípio resolveu não ir ao casamento; mas, não podendo resistir à tentação de conhecer a nova rainha, foi. Ao entrar no salão da festa, reconheceu logo na noiva a sua detestada Branca de Neve. Seu espanto foi tamanho que não pôde sair do lugar.

Descoberta a sua perversidade, veio o castigo: dançar com uns sapatos de ferro até cair morta. Bem feito!

O alfaiate valentão

Era uma vez um alfaiate que estava sentado à janela da sua casa costurando um paletó. Nisso, ouviu uma vendedora de doces que passava gritando: – Doces! Pudim especial!

O alfaiate espichou a cabeça para fora da janela e chamou-a. A mulher subiu os três degraus da casa do homenzinho e descobriu o tabuleiro para que ele se servisse à vontade.

– Quero cinquenta gramas deste pudim – disse o alfaiate.

A mulher pesou os cinquenta gramas, recebeu o dinheiro e lá se foi a resmungar por ter perdido tempo com um freguês tão miserável.

– Agora – exclamou o alfaiate lambendo os beiços –, vou regalar-me[1]. Comerei este pudim com pão, para render; mas primeiro tenho que acabar este paletó.

---

[1] Regalar-me: alegrar-me, ter grande prazer.

Assim dizendo, colocou o pedacinho de pudim ao lado do pão e pôs-se a costurar, com tamanha pressa que os pontos até pareciam alinhavo. Enquanto isso, o cheiro do pudim atraiu um bom número de moscas, que vieram sentar-se nele, muito gulosas.

– Fora daqui, gatuninhas[2]! – gritou o alfaiate ao percebê-las. – Ninguém as convidou para este banquete.

As moscas fugiram, mas logo depois voltaram e em maior número. Danado da vida, o alfaiate deu com a costura em cima delas, matando sete.

– Sim, senhor! – exclamou ele para si próprio, admirado da sua bravura. – Sou um valente sem igual. Duma só pancada mato sete! Vou escrever isso numa faixa de pano e andar com ela pela rua. Toda a gente vai tremer de medo de mim.

---

[2] Gatuninhas: pequenas ladras.

Escreveu estas palavras na faixa: MATO SETE DUMA VEZ, atou a faixa à cintura e preparou-se para correr mundo. Um homem valente como ele, que matava sete duma vez, não podia continuar o humilde alfaiate que tinha sido até então. Antes de sair, porém, meteu no bolso um pedaço de queijo que estava sobre a mesa e também um passarinho que estava na gaiola. E pôs-se a caminho, muito contente da vida, tomando uma estrada que ia ter ao alto dum morro. Lá chegando, encontrou um gigante. Não teve medo nenhum. Aproximou-se e disse:

— Bom dia, gigante! Daqui deste morro onde você mora creio que se pode ver o mundo inteiro. Mas eu não me contento apenas com ver o mundo, quero andar por ele todinho. Por que não me acompanha?

O gigante olhou para o alfaiate com o mais profundo desprezo.

— Miserável vagabundo! Fora já da minha presença, senão esmago-o como quem esmaga um verme!

— "Miserável vagabundo" diz você? Que engano! Olhe para a minha cintura e leia o que está escrito na faixa – disse o alfaiate, desabotoando o paletó.

O gigante leu o escrito e, pensando que se tratasse de sete homens em vez de sete moscas, resolveu tratá-lo com mais respeito. Em todo caso, para tirar a prova da força do alfaiate, tomou uma pedra e espremeu-a na mão com tanta força que vários pingos d'água escorreram.

— Vamos lá – disse ele –, faça isso, se é capaz.

— Isso é nada para mim – respondeu o alfaiate, sorrindo. E, tirando do bolso o pedaço de queijo fresco, espremeu-o de modo que pingasse muito mais caldo do que a pedra do gigante.

O gigante olhou para o alfaiate...

Este ficou atarantado, sem poder crer nos seus próprios olhos. Quis fazer outra prova. Tomou nova pedra e lançou-a para o ar, com tanta força que ela foi cair a um quilômetro de distância.

— Faça isso, se é capaz — disse ele em tom de desafio.

— Isso é brincadeira para mim. Você atirou uma pedra que caiu lá adiante. A minha irá com tanta força, que não cairá nunca.

Assim dizendo, tirou o passarinho do bolso e, fingindo que jogava uma pedra, jogou-o para o ar. O passarinho lá se foi, qual uma flecha, até perder-se de vista.

— Não há dúvida de que você é bom atirador — disse o gigante muito espantado. — Quero porém verificar se levanta peso como eu levanto.

Disse e levou o alfaiate para junto dum enorme tronco de carvalho que o vento havia derrubado no meio da floresta.

— Se você é forçudo como diz, ajude-me a levar este tronco para fora da mata.

— Com todo prazer — foi respondendo o alfaiate. — Ponha as raízes nas costas que eu levarei a galharada[3], que é a parte mais pesada.

O gigante assim fez. Pôs o raizame[4] do carvalho às costas e, como não podia olhar para trás, não viu que o esperto

---

[3] Galharada: reunião de galhos.
[4] Raizame: reunião de raízes.

alfaiate, em vez de fazer o mesmo com os galhos, trepava num deles, deixando-se carregar pelo estúpido gigante. E fez todo o caminho cantando, como se carregar nas costas a galharada fosse para ele uma simples brincadeira. Depois de algum tempo, o gigante, não podendo mais, avisou-o de que ia largar a carga. Ouvindo isso, o alfaiate saltou para o chão e fingiu que estava carregando os galhos.

– Parece incrível – disse ele – que com um corpo desse tamanho você se canse de carregar esta arvorezinha!...

O gigante estava cada vez mais desapontado. Não podia explicar aquele mistério. Logo adiante encontraram uma cerejeira, que o gigante arcou, dizendo ao companheiro:

– Segure esta árvore.

O alfaiate segurou a cerejeira arcada, mas quando o gigante a largou, foi erguido por ela com tanta força que caiu do outro lado, sem se machucar.

– O que significa isso? – perguntou o gigante. – Onde está a sua força que não dá nem para sustentar um galho de cerejeira?

– Segurar uma cerejeira é nada para quem mata sete duma vez. Se pulei para cá foi para evitar o chumbo duns caçadores que estão dando tiros lá embaixo. Faça o mesmo, se é capaz.

O gigante experimentou fazer o mesmo mas não pôde, de modo que pela quarta vez foi vencido pelo alfaiate.

– Muito bem – disse o gigante convencido. – Já que é valente assim, venha passar uma noite em minha casa.

– Com muito gosto! – respondeu o alfaiate, e acompanhou o gigante à casa dele.

A tal casa era uma caverna, onde o gigante vivia com outro companheiro, comendo cada qual um carneiro inteirinho por dia. Deram ao alfaiate uma cama enorme, onde ele se encolheu num canto, deixando-a quase toda vazia. Lá pelo meio da noite, quando os gigantes supuseram que ele estivesse dormindo, vieram com barras de aço e malharam[5] na cama, só parando depois que se convenceram de que o hóspede estava reduzido a pasta. Na manhã seguinte, os gigantes dirigiram-se para a floresta, como de costume, e nem mais se lembravam do alfaiate quando este lhes apareceu, muito lampeiro da vida[6]. Tamanha foi a surpresa dos gigantes que fugiram com quantas pernas tinham, de medo daquele homenzinho invencível.

O alfaiate continuou na sua viagem pelo mundo. Andou, andou, até que foi parar no parque dum palácio real, e, como estivesse cansado da caminhada, resolveu deitar-se na grama. Enquanto dormia, várias pessoas apareceram por ali e leram os dizeres da faixa. "*Sete duma vez!* Deve ser um grande herói", pensaram consigo, e foram correndo contar o caso ao rei, pois seria um aliado precioso nas guerras. O rei ouviu o caso, pensou uns instantes e por fim mandou que seus ministros convidassem o herói para ficar a serviço do reino. Os ministros esperaram com todo o respeito que ele acordasse e então fizeram o convite.

– Pois foi para isso mesmo que cheguei até aqui – respondeu o alfaiate. – Vinha oferecer meus préstimos a esse poderoso rei. Diga que aceito a proposta com muito gosto.

O rei mostrou-se muito contente. Deu-lhe uma das mais belas casas do reino para morar e ofereceu-lhe uma grande festa.

Isso encheu de inveja os ministros – inveja e medo.

---

[5] Malharam: bateram.
[6] Lampeiro da vida: feliz da vida.

— Muito perigoso esse homem aqui — disseram entre si. — Caso brigue conosco, que será de nós, já que ele mata sete duma vez? — E foram queixar-se ao rei.

— Majestade — disseram os ministros —, não podemos viver na companhia dum homem tão perigoso. O vosso ministério se compõe de sete ministros, e como ele mata sete duma só pancada, poderá dar cabo de todo o ministério num instantinho.

O rei ficou muito triste. Não queria perder os seus ministros, mas também não tinha coragem de demitir o alfaiate, pois quem mata sete de uma pancada pode matar sete mais um, e esse um pode ser um rei. Em vista disso, começou a pensar no meio de livrar-se dum homem tão perigoso. Por fim, mandou chamá-lo e disse:

— Já que você é tão valente, quero que me faça uma coisa. Na floresta existem dois gigantes que cometem os maiores horrores, roubando, matando e incendiando tudo quanto querem sem que meus soldados tenham ânimo de enfrentá-los. Se conseguir libertar o reino desses monstros, darei a você minha filha em casamento e, como dote, metade dos meus domínios. Cem homens a cavalo irão com você atacar os gigantes.

— Dispenso os cem homens a cavalo — respondeu o alfaiate, contentíssimo por ter uma grande façanha a realizar. — Eu mato sete duma só pancada. Os gigantes são dois. Logo, para dar cabo deles, só preciso de meia pancada. Os homens a cavalo poderão acompanhar-me apenas para assistir à matança dos gigantes.

Assim foi feito. O alfaiate e os cem homens dirigiram-se para a floresta. Lá chegados, ficaram estes num certo ponto e o herói dirigiu-se sozinho para a caverna dos gigantes. Encontrou-os dormindo, um ao lado do outro, debaixo duma grande árvore que existia na entrada da caverna. Sem ser pressentido, o alfaiate trepou na árvore e ficou bem escondidinho entre as folhas, de modo que pudesse atirar pedras na cara dos dorminhocos. E começou a atirar uma por uma, com toda a força, as pedras que levara num alforje[7]. As primeiras não serviram nem para acordar os brutos, mas uma que acertou no olho dum deles o fez despertar.

– Não gosto de brincadeiras, ouviu? – disse o gigante, pregando um tapa no companheiro, certo de que fora este o autor da pedrada.

– Você está sonhando – disse o companheiro. – Não toquei em você nem com a ponta do dedo.

E ajeitaram-se ambos para continuar a soneca. Minutos depois, o alfaiate arrumou-lhe[8] nova pedra no olho, com mais força ainda.

– O que significa isso? – berrou o gigante, furioso. – Continua a esbarrar em mim?

– Não esbarrei coisa nenhuma! – respondeu o companheiro, também danado[9]. – Não me aborreça.

Dormiram novamente. O alfaiate, então, jogou a pedra maior de todas. Sentindo o choque, o gigante ergueu-se, tomado dum acesso de cólera terrível, e, certo de que o causador da brincadeira tinha sido o companheiro, atirou-se a ele de murros e pontapés. A luta foi tremenda. Várias árvores foram arrancadas para que os troncos servissem de armas. Depois de alguns minutos, os dois gigantes haviam se estraçalhado mutuamente. O alfaiate então desceu da árvore, enfiou a espada no peito de cada um e foi em procura dos cem cavaleiros.

---

[7] Alforje: saco fechado nas extremidades e aberto no meio.
[8] Arrumou-lhe: lançou-lhe.
[9] Danado: bravo, nervoso.

— Pronto! – disse ao chegar. – Já liquidei com os dois malvados. A luta foi terrível. Eles chegaram a arrancar árvores para lutar comigo, como vocês poderão ver. Mas foi tudo inútil. Contra quem mata sete dum golpe, dois não podem.

— E nem sequer ficou ferido? – perguntaram os cavaleiros, muito espantados.

— Eles não puderam tocar em mim. Nem um arranhãozinho...

Os cem cavaleiros verificaram com os seus próprios olhos que os gigantes estavam mortos e bem mortos, cada um deles com uma estocada no peito. E voltaram no galope para contar ao rei o grande acontecimento.

O rei ficou muito satisfeito por um lado e muito aborrecido por outro. Havia prometido dar sua filha em casamento ao alfaiate e ainda a metade do reino, porque estava certo de que ele não poderia vencer os gigantes. Agora não achava jeito de cumprir a promessa, nem sabia como ver-se livre do perigoso herói. Por fim, propôs-lhe:

— Antes de realizar-se o casamento, convém que você pratique outra façanha, qual seja a de matar um rinoceronte enorme que faz muitos estragos no meu povo.

— Isso é brincadeira para mim – respondeu o alfaiate, sorrindo. – Só sinto não serem sete rinocerontes...

Imediatamente, organizou a caçada, levando consigo uma corda e um machado. Chegando ao ponto da floresta em que o rinoceronte morava, pediu aos caçadores que o esperassem ao longe, pois queria ter a glória de apanhar a fera sozinho.

Não havia andado muito e eis que surge o enorme paquiderme[10], numa carreira furiosa em direção dele, com o agudo chifre apontado para o seu peito. O alfaiate esperou-o sem medo nenhum, encostado a uma grande árvore. Quando a fera ia dar a marrada[11] que o espetaria e atravessaria de lado a lado, o alfaiate fugiu com o corpo[12] deixando que o chifre se enterrasse inteirinho no lenho da árvore, tão fundo que não pôde mais sair. Então amarrou, bem amarrado, o monstro, do qual serrou o chifre para levá-lo de presente ao rei.

O rei recebeu o presente e muito se admirou da nova vitória do homenzinho, mas mesmo assim não quis resolver imediatamente o caso das núpcias da sua filha com ele. Exigiu mais uma prova, que seria caçar um perigoso javali que andava zombando de todos os caçadores.

— Com o maior prazer! – respondeu o alfaiate e tratou logo de organizar a caçada.

---

[10] Paquiderme: que tem a pele espessa.
[11] Marrada: chifrada.
[12] Fugiu com o corpo: desviou o corpo, esquivou-se.

Fez do mesmo modo que com o rinoceronte. Deixou para trás todos os homens que o acompanhavam à floresta e avançou sozinho para a toca do feroz animal. Como esse javali fosse de fato perigosíssimo, ninguém duvidou que iria fazer com o nosso herói o mesmo que até então fizera com todos os caçadores que o tinham perseguido. O ferocíssimo porco selvagem os havia estraçalhado a todos.

O alfaiate, porém, usou duma esperteza. Assim que viu o javali lançar-se contra ele com fúria louca, tratou de entrar numa capelinha que havia perto. O porco selvagem avançou para a capelinha e entrou, mas, antes que entrasse, o alfaiate já havia galgado[13] uma janela e, assim que viu a fera dentro, pulou para fora e fechou a porta, deixando-a presa.

Então chamou em altos brados os companheiros para que viessem ver a fera na ratoeira a urrar de cólera por ter sido enganada. O rei dessa vez não teve remédio: deu a filha em casamento ao alfaiate, sem saber que ele era um simples alfaiate. Se o soubesse, com certeza mandaria que o matassem, porque era um rei muito orgulhoso.

Houve grandes festas, sendo o feliz herói coroado rei de metade do velho reino. Tempos mais tarde, a jovem rainha ouviu o esposo falar enquanto dormia.

– Anda, rapaz! – dizia ele. – Alinhava logo esse colete, senão te prego com o metro na cabeça.

Ficou desconfiada. Pensou muito naquilo e por fim convenceu-se de que se casara com um simples alfaiate. Foi correndo contar ao rei a sua descoberta. O rei danou[14] com o desaforo e armou um plano.

---

[13] Galgado: subido, escalado.
[14] Danou: ficou nervoso.

— Deixe a porta aberta de noite — recomendou ele. — Quando o patife estiver no melhor do sono, meus criados entrarão no quarto e o amarrarão com boas cordas. Em seguida, o botaremos num navio que o vá soltar a mil léguas[15] daqui.

A rainha alegrou-se com o plano do rei e na sua alegria não percebeu que um pequeno pajem estava ouvindo a conversa. O diabinho correu logo a contar ao alfaiate toda a conversa pilhada[16].

— Não se assuste — disse o alfaiate. — Eu darei uma lição a essa gente.

Nessa mesma noite, o alfaiate, em vez de dormir, fingiu que dormia e pôde ver sua esposa erguer-se da cama, sem fazer o menor barulho, para ir destrancar a porta. Logo em seguida, os criados do rei apareceram, na ponta dos pés.

Assim que os viu dentro do quarto, o matreiro alfaiate fingiu que estava sonhando e murmurou de modo que todos ouvissem muito bem:

— Anda, rapaz! Alinhava logo esse colete, senão te dou com o metro na cabeça. Já matei sete duma vez, já dei cabo de dois monstruosos gigantes, já cacei um rinoceronte e um javali que eram invencíveis e, portanto, não tenho medo nenhum dos que estão entrando neste quarto.

Foi água na fervura. Os criados do rei ficaram com as pernas moles e trataram de retirar-se, bem na pontinha dos pés. A lição foi boa. Nunca mais o rei, nem a rainha, nem ninguém, mexeram com o alfaiate, que pôde reinar toda a vida no seu pedaço de reino e sonhar livremente com as antigas tesouras e metros e paletós e coletes, sem que ninguém se animasse a conspirar contra ele.

---

[15] Légua: medida equivalente a cerca de 6 quilômetros.
[16] Conversa pilhada: conversa ouvida por alguém de maneira furtiva.

Hansel e Gretel[1]

Perto de uma grande floresta vivia, uma vez, um casal de lenhadores com duas crianças: um menino chamado Hansel e uma menina de nome Gretel, filhos do lenhador com sua primeira mulher. O pobre homem mal ganhava para o sustento da família, e dia veio em que nem mesmo o suficiente para comprar pão conseguiu. De noite, enquanto pensava, muito triste, deitado em sua cama, queixou-se para a mulher:

– O que será de nós? Como poderemos alimentar as crianças se nem pão para nós consigo obter?

---
[1] Esta história é também conhecida no Brasil com o título de *João e Maria*.

— Tenho uma ideia — respondeu a mulher. — Podemos levá-los, amanhã bem cedo, para o meio do mato, fazer fogo e lá deixá-los com um pedacinho de pão para cada um. Voltaremos para casa sem que nos vejam e assim ficaremos livres dos dois.

— Não, isso eu nunca farei! — disse logo o lenhador. — Não sei como tens coragem de pensar nisso. Sozinhos na mata as feras logo os devorarão.

— Pois então nós quatro morreremos de fome, seu idiota! E você já deve ir preparando os caixões — retrucou a mulher, fazendo ver que era impossível a vida com as duas crianças. O lenhador, por fim, se bem que muito contrariado, resolveu seguir o plano da esposa.

Mas Hansel e Gretel, que dormiram tarde aquela noite, tanto a fome lhes torturava o estômago, ouviram tudo o que a madrasta conversou com o pai. A pobre menina pôs-se a chorar abraçadinha ao irmão.

— Não chore, minha irmã — disse Hansel. — Já sei o que vou fazer. E logo que os velhos adormeceram, levantou-se e foi ao quintal, onde encheu os bolsos de pedregulho. Depois voltou para junto de Gretel e a consolou, dizendo que se tivessem confiança em Deus não seriam abandonados.

Na manhã seguinte, antes do nascer do sol, a madrasta veio acordá-los.

— Levantem-se, preguiçosos! Vamos cortar lenha na floresta — disse ela, dando a cada qual um pedaço de pão. Como fosse muito pouco, trataram de não comê-lo antes do tempo.

Gretel levou os dois pedaços de pão, pois os bolsos de Hansel estavam cheios de pedregulhos, e lá se foram rumo à floresta. Quando já tinham andado certa distância, o menino parou e olhou para a casa; logo adiante fez o mesmo; e o pai, notando que o filho andava sempre atrasado, perguntou:

— Que tanto você olha para trás, meu filho? Por que não segue na frente?

— Ah, meu pai, estou olhando para meu gatinho branco que está em cima do telhado.

— Que menino bobo! — falou a madrasta. — Não vê que aquilo é o reflexo do sol na chaminé?

Mas na verdade o que Hansel fazia era, ao voltar-se, deixar cair um pedregulho para marcar o caminho por onde seguiam.

Quando chegaram ao meio da floresta, o pai lhes ordenou que juntassem alguns galhinhos secos para fazer fogo. Ajuntaram uma braçada, com que se acendeu uma fogueira, e a madrasta lhes disse que não saíssem dali enquanto ela e o marido estivessem cortando lenha. Voltariam logo ao cair da noite para buscá-los.

Hansel e Gretel lá ficaram sentadinhos, julgando que o pai estivesse por perto, pois de vez em quando ouviam pancadas de machado nas árvores. Mas era engano. Tratava-se apenas de um galho seco que, soprado pelo vento, batia de encontro ao tronco. Lá pelo meio-dia, cada qual comeu um pedacinho de pão, e como, por mais que esperassem, os pais não apareceram, não puderam resistir ao sono e dormiram. Quando acordaram era já noite escura e a menina pôs-se a chorar de medo, agarradinha ao irmão. Este acalmou-a, dizendo que esperasse pelo nascer da lua, pois então poderiam voltar para casa. Assim se fez. Logo que o luar clareou toda a estrada, Hansel, tomando a irmã pela mão, foi seguindo os pedregulhos que deixara cair e que reluziam à luz da lua. Caminharam durante a noite inteira e pela manhã chegaram em casa. Ao baterem à porta, a madrasta veio abrir, ralhando logo com os dois:

– Que é que ficaram fazendo por lá que não vieram quando eu os chamei? Pensei até que não voltassem mais.

Mas se ela ficou aborrecida com a volta dos dois, o mesmo não aconteceu com o pai, que já estava com grandes remorsos de haver deixado os filhinhos no mato para serem comidos pelas feras.

Passado algum tempo, a miséria de novo começou a torturar a pobre gente, e uma noite os dois irmãos ouviram a madrasta dizer ao marido:

— Já não existe mais nada outra vez; só nos resta meio pão. Temos que separar-nos das crianças. Poderemos levá-las para bem longe, de modo que não possam voltar. É a única salvação, pois do contrário morreremos de fome.

O lenhador ficou muito triste e de modo algum queria concordar com a esposa; mas tanto esta falou e tanto fez que afinal o homem se viu obrigado a aceitar aquele alvitre[2].

Como tivessem ouvido tudo, logo que a casa ficou em silêncio, Hansel levantou-se para ajuntar pedrinhas, mas dessa vez a madrasta havia trancado a porta e ele não pôde sair. Mesmo assim, consolou a irmãzinha, que chorava, dizendo-lhe que, se tivessem fé em Deus, não seriam abandonados.

No dia seguinte, de madrugada, a madrasta arrancou-os da cama, dando um pedaço de pão a cada um, porém menores que os da primeira vez. No caminho, Hansel foi esfarelando sua fatia de pão.

— Hansel, por que tanto para e tanto olha para trás? Vamos, apresse o passo — disse o pai.

— Estou vendo se enxergo o meu pombinho branco — respondeu o menino.

— Sempre o mesmo tolo! — falou a madrasta. — Aquilo é o reflexo do sol na chaminé.

Mas mesmo assim Hansel foi marcando o caminho com migalhas de pão.

Os meninos foram levados para o meio da floresta, onde nunca haviam entrado, e lá acenderam uma enorme fogueira. A madrasta lhes fez a mesma recomendação da primeira vez, isto é, que não deixassem aquele lugar enquanto não fossem chamados para voltar para casa.

---

[2] Alvitre: conselho, opinião.

Pelo meio-dia, Gretel repartiu a sua fatia de pão com Hansel, que esfarelara a sua pelo caminho, e depois deitaram-se para dormir. Mas o sol se escondeu sem que ninguém viesse buscar nem chamasse os dois e, noite alta, ao despertarem, Hansel consolou a irmã, dizendo-lhe que esperasse o nascer da lua, pois poderiam achar o caminho guiados pelas migalhas de pão que ele deixara cair. Entretanto, veio o luar e eles nada conseguiram ver; os passarinhos haviam comido todas as migalhas de pão. Hansel continuou a animar a irmãzinha, dizendo que logo encontrariam o caminho de casa. Mas não o encontraram. Andaram durante a noite toda e mais o dia seguinte, só tendo frutas do mato para matar a fome, o que os foi enfraquecendo pouco a pouco. Por fim, o cansaço os fez deitarem-se debaixo de uma árvore, onde adormeceram.

Já era o terceiro dia passado fora de casa e ainda não haviam conseguido encontrar o caminho. Hansel viu logo que, se alguém não viesse buscá-los, morreriam de fome. Nisso, um pássaro branco, muito bonito, cantou numa árvore e pôs-se a pular de galho em galho. Os meninos o foram acompanhando até chegarem a uma casinha toda feita de bolo e com as janelas de açúcar.

– Vamos entrar – disse Hansel. – Eu como um pedacinho do telhado e você come uma janelinha. – E, dizendo isso, os dois, esfomeados como estavam, puseram-se a quebrar pedacinhos da casa para comer. Nisso, ouviram uma voz muito meiga dizer:

— *Tip, tap, tip, tap*, quem está arranhando a minha porta?

— O vento, o vento filho do céu! — responderam as crianças e continuaram a comer sem parar. Hansel, achando o telhado muito gostoso, resolveu tirar um pedação, enquanto a irmã, arrancando uma das folhas da janela, pôs-se a chupá-la, muito contente da vida. De repente, a porta abriu-se e apareceu uma velha muito velha, com duas muletas, uma em cada braço. Hansel e Gretel ficaram amedrontados e deixaram cair os doces que estavam comendo; mas a velha, chamando-os para perto, perguntou-lhes como vieram parar ali e disse-lhes que não tivessem medo, que entrassem, pois seriam bem recebidos.

Dentro da casa havia uma mesa com os mais finos doces e, num quartinho do fundo, duas caminhas bem-arrumadas. Hansel e Gretel deitaram-se, contentíssimos por terem encontrado uma velha tão boa. Mal sabiam que aquela velha não passava de uma feiticeira, que construíra a casa de doces para atrair crianças. Logo que as tinha em seu poder, ela as matava para comer. As feiticeiras têm os olhos vermelhos e por isso não enxergam bem, mas em compensação sentem cheiro de criança de longe. Quando os dois irmãos chegaram perto da casa, ela sorriu de satisfação ao pensar que vinham mais dois para a panela.

Na manhã seguinte, a feiticeira foi ao quarto dos meninos; ao vê-los adormecidos, não pôde deixar de lamber os lábios, exclamando:

— Devem dar um excelente assado! — e, dizendo isso, agarrou Hansel e trancou-o em um quartinho. Acordou depois Gretel e obrigou-a a ir buscar água para fazer o almoço do irmão.

– Ande depressa com isso! Quero que seu irmão engorde logo para eu comê-lo assado.

A pobre menina começou a chorar, embora isso nada adiantasse. Tinha de fazer tudo o que a feiticeira mandava. Para Hansel ela preparou bons quitutes, mas para Gretel só deu uma perna de caranguejo onde nada havia que comer.

Todas as manhãs, a feiticeira ia ao quarto e dizia:

– Hansel, ponha o dedinho para fora, para eu ver se está engordando.

Mas o menino punha um ossinho, e a bruxa, não enxergando bem, ficava admirada de o ver tão magro ainda. Passadas quatro semanas e percebendo que Hansel não engordava, ela perdeu a paciência e resolveu comê-lo magro mesmo.

– Gretel – gritou ela –, traga água. Vamos! Depressa com isso! Magro ou gordo, vou cozinhar Hansel para o jantar de hoje.

E a pobrezinha viu-se obrigada a trazer, com lágrimas nos olhos, a água que a feiticeira pedia.

– Meu Deus, ajudai-me! – pediu a menina. – Se as feras nos tivessem devorado, teria sido muito melhor, pois morreríamos juntos.

– Pare com esse barulho! – gritava logo a feiticeira.

Gretel foi obrigada a encher o caldeirão com água e a fazer fogo.

– Mas primeiro vou assar pão – disse a velha. – Já aqueci o forno e aprontei a massa. Quero que você entre para ver se está bastante quente – falou ela, empurrando a menina para o forno, pois sua intenção era comer os dois no mesmo dia. Mas Gretel, percebendo a manobra da velha, disse-lhe que, como não sabia entrar em forno, precisava ser ensinada.

– Oh, pateta! – exclamou a bruxa. – Parece incrível que não saiba entrar em forno! – E, dizendo isso, levantou-se e pôs a cabeça dentro do forno para mostrar como se fazia. Mais que depressa, Gretel deu-lhe um empurrão e trancou a porta do forno. A bruxa rompeu em berros horríveis, mas Gretel fugiu dali e foi salvar o irmão.

Este, logo que se viu livre, abraçou-a e nada mais tendo a temer entraram pela casa da feiticeira, onde em cada canto havia uma caixa com pérolas e pedras preciosas.

– São melhores que as pedrinhas lá de casa – disse o menino atufando[3] os bolsos, enquanto a irmã enchia o avental. Feito isso, resolveram sair logo dali. Mas não tinham andado muito quando chegaram às margens de um rio.

– E agora, como vamos atravessá-lo? – perguntou Hansel.

---

[3] Atufando: enchendo, abarrotando.

— Lá está um patinho branco! – falou a menina. – Vou pedir-lhe que nos passe para o outro lado. – E cantou:

— Aqui estamos tão sozinhos,
patinho, patinho branco,
não há ponte, nem barquinhos,
vem passar-nos para o outro lado.

Nem bem acabou de cantar e logo o patinho veio pôr-se às suas ordens. A menina subiu às costas da ave, dizendo ao irmão que fizesse o mesmo.

— Não! – exclamou ele. – Ficará muito pesado. É melhor que passemos um de cada vez.

E assim foi. O patinho levou-os para a outra margem, um de cada vez. Puseram-se então a andar e, depois de muito andarem, chegaram a uma floresta muito sua conhecida, onde logo descobriram o caminho da casa. Daí por diante foram correndo e, quando entraram na sala, pularam para o colo do pai, que desde que se separara dos filhos nunca mais tivera um só momento de alegria. Além de tudo, a madrasta havia morrido.

Gretel abriu o avental, e as pedras preciosas rolaram pelo chão. Hansel fez o mesmo, jogando pela sala as pérolas trazidas. E acabou-se a miséria. Todos viveram muito felizes dali por diante.

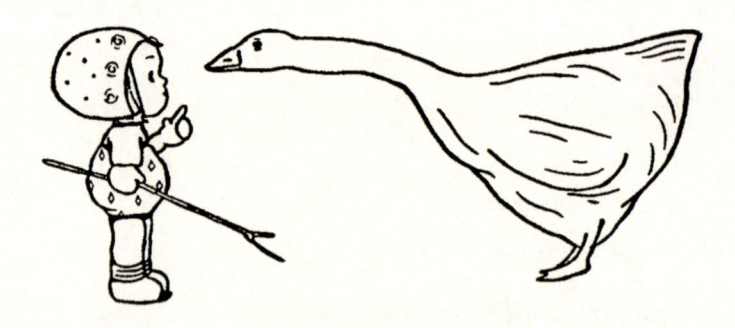

Os músicos de Bremen

Um homem possuía um burro que o servira durante muitos anos, mas que se achava quase imprestável, sem forças nem para puxar uma carroça. Resolveu matá-lo a fim de aproveitar a pele. Mas o burro, que de burro não tinha nada, percebeu-lhe as intenções e deliberou[1] fugir para Bremen. "Lá poderei tornar-me músico", pensou ele.

O burro fugiu e tomou o rumo de Bremen. No meio da viagem encontrou, deitado na estrada, um cachorro já velho, abrindo a boca a todo instante.

---
[1] Deliberou: decidiu.

– Por que bocejas tanto? – perguntou-lhe o burro.

– Ah! – exclamou o cão. – Cada dia que se passa me sinto mais velho e débil; como já não posso correr caça, meu senhor me espancou tanto que me vi obrigado a fugir; e agora estou que não sei onde possa arranjar um pedaço de carne.

– Pois a minha situação não é lá muito diferente – disse o burro. – Vou para Bremen, ser músico. Se quiser, poderá acompanhar-me como tambor da minha banda.

O cachorro aceitou o convite e seguiu atrás do burro. Mais adiante encontraram um gato, sentado à beira do caminho, com jeito de quem tinha levado muitas vassouradas. Perguntando-lhe o burro a razão da tristeza, o bichano respondeu:

– Como posso estar contente depois de tanta paulada? Já sou velho e me falta agilidade para perseguir um simples camundongo. Por esse motivo, minha senhora resolveu afogar-me na lagoa. Fugi a tempo, mas agora aqui estou sem saber o que fazer.

– Vamos para Bremen. Você é músico noturno e pode muito bem fazer parte da nossa banda.

O gato aceitou o convite e seguiu com os dois. Os três vagabundos, depois de muito andarem, chegaram a um sítio onde um galo cantava furiosamente.

– Por que canta dessa maneira, galo? – perguntou o burro.

– Quando canto assim é sinal de bom tempo; mas apesar disso a dona da casa deu ordem ao cozinheiro para que me aprontasse para o jantar. Hoje é dia de festa aqui e, como amanhã estarei morto, resolvi cantar até não poder mais.

– É melhor que nos acompanhe. Vamos a Bremen para escapar da morte; você tem boa voz e poderá fazer parte da nossa banda.

O galo gostou da ideia, juntou-se ao grupo e os quatro tocaram para a frente[2]. Não podiam, porém, alcançar Bremen no mesmo dia, de modo que de noite pararam numa floresta para dormir.

O burro e o cão deitaram-se sob uma árvore; o galo e o gato subiram para os galhos, ficando aquele no ponto mais alto. Antes de dormir, porém, o galo pôs-se a olhar em volta e logo descobriu uma luzinha a certa distância.

Chamando pelos companheiros, disse-lhes que não deviam estar longe de alguma casa, pois estava enxergando luz.

– Se é assim, sigamos para a frente, pois o pasto aqui não é dos melhores – disse o burro.

– E eu estou sentindo a falta de alguns ossos – falou o cachorro.

E os quatro tocaram para o sítio de onde vinha a luz, a qual foi aos poucos aumentando, aumentando. Por fim, chegaram a uma casa muito bem iluminada, pertencente a uma quadrilha de ladrões.

O burro, sendo o maior, espiou pela janela.

– O que está vendo? – perguntou o galo.

– Estou vendo uma mesa cheia de doces, bebidas e bons pratos, com grande número de ladrões em volta.

– É do que precisamos! – acrescentou o galo.

– Mas como pegar aquilo? – indagou o burro.

Puseram-se todos a estudar o caso e, depois de muita discussão, imaginaram um meio de afugentar os bandidos. O burro colocou as patas dianteiras sobre a janela, o cão subiu-lhe às costas, o gato encarapitou-se sobre o cão, e por fim o galo pousou

---

[2] Tocaram para a frente: seguiram em frente.

sobre a cabeça do gato. Feito isso, a um sinal do burro rompeu a música. O burro zurrava, o cão latia, o gato miava e o galo cantava, tudo a um tempo e em tal tom que os vidros das janelas tremeram! Apavorados com o barulho, os ladrões fugiram para a floresta, certos de que se tratava dum bando de almas do outro mundo. Os quatro músicos sentaram-se à mesa e comeram tudo quanto havia, pois estavam em jejum de mais de uma semana.

Logo que encheram a barriga, cada qual procurou um lugar para dormir. O burro deitou-se sobre um monte de palha; o cachorro aninhou-se atrás da porta; o gato procurou as cinzas do fogão, e o galo empoleirou-se sobre uma viga que atravessava a sala. Cansados como estavam da longa caminhada, logo ferraram no sono.

Lá pela meia-noite, vendo os ladrões as luzes apagadas e tudo em silêncio, o chefe da quadrilha mandou que um dos seus homens fosse investigar a causa da barulhada. Encontrando tudo quieto, o emissário[3] dirigiu-se à cozinha para acender o fogo; e, tomando os olhos do gato por duas brasas, veio assoprá-las. O gato imediatamente atirou-se-lhe ao rosto, arranhando-o todo e fazendo-o fugir apavorado pela porta dos fundos. Mas o cachorro, que ali estava deitado, ferrou-lhe uma terrível dentada na perna. O ladrão pulou para o monte de palha e lá o burro lhe aplicou um formidável par de coices. E, para aumentar a esfrega[4], o galo ainda lhe pregou uma esporada, cantando depois: – *Cocoricó!*

O ladrão voltou correndo para junto dos companheiros.

– Nem por todo o dinheiro do mundo porei os pés naquela casa outra vez! Está lá uma bruxa que me arranhou o

---

[3] Emissário: o que é enviado em missão.
[4] Esfrega: surra.

rosto com suas unhas compridas; junto à porta, um homem de faca afiada que me cortou a perna; logo adiante, um monstro que me deu formidável bordoada; e quando ia saindo, além de levar uma espetada na cabeça, ouvi a voz do juiz, que dizia: – *Pau nele sem dó!*

Ao ouvirem isso, os ladrões não mais ousaram penetrar na casa, de modo que os quatro músicos lá ficaram morando, e lá estão até hoje, muito contentes da vida e a darem boas risadas da peça que pregaram nos antigos moradores.

Histórias de anões

Primeira história

Era uma vez um sapateiro que, apesar do muito que trabalhava, foi aos poucos se tornando tão pobre que um dia nem mais couro tinha para fazer sapatos. Só lhe restava um pedaço. Aprontou-o de noite, a fim de começar o seu último par de sapatos na manhã seguinte, e foi dormir, depois de dizer as suas orações.

Quando pela manhã se levantou, qual não foi o seu espanto ao encontrar o par de sapatos já feito? O pobre homem ficou sem saber o que pensar e muito admirado da perfeição do serviço. Nisso, apareceu um freguês que gostou muito do par de sapatos e comprou-o, pagando mais do que de costume. Em vista disso, o sapateiro pôde comprar couro para fazer mais dois pares. Cortou-o e deixou-o acertado para começar na manhã seguinte. Mas, ao levantar-se na manhã seguinte, deu com os dois pares já prontos sobre a mesa. E não precisou andar à procura de fregueses, pois logo apareceram dois que lhe compraram os sapatos, fornecendo-lhe assim meios para adquirir couro para quatro pares.

Como das outras duas vezes, ao levantar-se no terceiro dia, o sapateiro deu com o serviço já feito. E assim continuou: ele cortava o couro e pela manhã encontrava pronto o trabalho, de modo que aos poucos voltou a ser o que era antes e mais ainda, pois ficou muito rico.

Uma noite, às vésperas do Natal, tendo preparado o couro como de costume, disse à mulher:

— Estou com vontade de passar a noite em claro para ver quem nos está ajudando tanto.

E se assim disse, melhor o fez. A mulher acendeu uma candeia no quarto e escondeu-se com o marido atrás duma cesta de roupas, num canto da sala. Logo que deu meia-noite, dois anõezinhos entraram e sentaram-se sobre a mesa, pondo-se a trabalhar rapidamente, sem o menor barulho.

O sapateiro ficou sem poder acreditar no que via. Os anões só pararam depois do serviço pronto; saíram, então, com a mesma cautela com que haviam entrado.

Na manhã seguinte, a mulher disse ao sapateiro:

— Já que os anões nos fizeram ricos, temos agora de mostrar-lhes que somos gratos. Andam completamente nus e devem sentir frio, os coitadinhos. Vou fazer-lhes dois ternos de roupa e dois pares de meia. Você poderá também arranjar um par de sapatos para cada um deles.

O sapateiro achou boa a ideia e na noite seguinte estavam os presentes sobre a mesa, e eles, escondidos para ver o resultado.

À meia-noite os anõezinhos entraram e logo pularam para cima da mesa; ao verem os dois ternos de roupa e os sapatos, ficaram admirados, mas logo os seus olhinhos brilharam de alegria. Vestiram-se e puseram-se a cantar...

– Agora, sim, estamos satisfeitos e contentes. Nada de sermos sapateiros; toquemos para a frente!

E saíram aos pulos pela porta afora, nunca mais voltando. Apesar disso, o sapateiro continuou a trabalhar e viveu feliz o resto dos seus dias.

Segunda história

Era uma vez uma pobre criadinha, trabalhadeira e limpa, pois todos os dias espanava e varria a casa, amontoando o lixo atrás da porta. Uma bela manhã, enquanto varria, viu uma carta no chão e, como não soubesse ler, levou-a ao patrão. Era um bilhete dos anõezinhos convidando-a para ser madrinha de uma criança. A menina ficou sem saber o que fazer, mas afinal aceitou, pois os anões não gostam de ver os seus convites rejeitados.

Três anõezinhos vieram logo em seguida para levá-la à caverna da montanha, onde moravam. Tudo lá era pequenino, mas muito limpo e bem-arrumado. A mãe da criança estava deitada numa cama de ébano cravejada de pérolas e embutida de ouro; o berço era de marfim, e a criança só tomava banho em ouro líquido.

Após a cerimônia do batizado, a menina quis voltar para casa, mas os anões tanto insistiram que ela resolveu ficar por mais três dias. Ao cabo desse tempo, durante o qual ela muito se divertiu com os seus companheirinhos, os anões lhe encheram de ouro em pó os bolsos do avental e a acompanharam até a entrada da caverna.

Logo que chegou à sua casa, a menina encontrou a vassoura no mesmo lugar e, tomando-a, continuou a varrer. Nisso, apareceram pessoas estranhas, que ela não conhecia, e lhe perguntaram o que fazia ali. Muito admirada ficou a menina ao ouvir essa pergunta, até que veio a saber que os três dias passados com os anões haviam sido, na realidade, sete anos, e que o seu antigo patrão havia morrido durante aquela ausência. A família que morava lá já era outra!...

Terceira história

Uma vez os anõezinhos roubaram uma criança que dormia num berço e puseram em seu lugar um anão cabeçudo, de olhos vermelhos, que nem comia nem bebia. A mãe da criança, muito aflita, foi à casa da vizinha pedir-lhe conselhos. Esta lhe disse que levasse a criança à cozinha e a pusesse no chão, junto a duas cascas de ovo com água dentro, a ferver. Se ela risse, era sinal de que não era o seu verdadeiro filho.

Contos de Grimm

...os anõezinhos roubaram uma criança

A mulher fez como lhe ensinou a vizinha e, logo que a água começou a ferver nas cascas, o anãozinho exclamou:

– Apesar de mais velho do que um corvo, nunca vi cozinhar em casca de ovo.

E soltou uma formidável gargalhada. Enquanto ele se ria, uma porção de anõezinhos entraram, trazendo de volta a verdadeira criança e levando consigo o anãozinho brincalhão.